슬기엄마는
슬기를 이렇게 키웠습니다

슬기엄마는
슬기를 이렇게 키웠습니다

초판 1쇄 찍은 날 § 2004년 8월 24일
초판 1쇄 펴낸 날 § 2004년 8월 31일

지은이 § 김용배
펴낸이 § 서경석

편집장 § 문혜영
편집 및 디자인 § 김희정 · 유정화 · 최하나 · 한지윤
마케팅 § 정필 · 강양원 · 이선구 · 김규진 · 홍현경

펴낸곳 § 도서출판 청어람
등록번호 § 제1081-1-89호
등록일자 § 1999. 5. 31
어람번호 § 제3-0035호

주소 § 경기도 부천시 원미구 심곡1동 350-1 남성B/D 3F (우) 420-011
전화 § 032-656-4452 팩스 § 032-656-4453
http://www.chungeoram.com
E-mail § eoram99@chollian.net

ISBN 89-5831-219- X 03810

슬기엄마는
슬기를 이렇게 키웠습니다

"공부는 놀면서 하는 겁니다"

김용배 지음

도서출판
청어람

CONTENTS

- 다섯 번째 이야기 -

<u>아이들은 어린이날만 노는 것이 아닙니다</u>

· 싫어하는 일은 억지로 시키지 않습니다

· 명품은 가라

· 아이들은 어린이날만 노는 것이 아닙니다

· 뭐든지 가능해

· 냉장고는 칭찬 게시판입니다

· 아이들은 고생도 해봐야 합니다

· 슬기네 집엔 체벌이 없습니다

· 아이들과 친해지기

· 식탁 위의 돈

· 슬기엄마는 가끔 아이들을 데리고 가출을 합니다

· 상식, 오! 예스!

· 이 책은 반드시 읽으십시오

· 슬기네 집사람들은 변비가 심한 사람들인지도 모릅니다

슬기네 집 이 구석 저 구석 이야기

슬기야,
아빠가 너에게 해준 것이라곤
엄마에게 은밀히 y를 전해준 것 외에는
아무것도 없구나.

슬기엄마는 슬기를
이렇게 키웠습니다

슬기야.
아빠가 너에게 해준 것이라곤
엄마에게 은밀히 y를 전해준 것 외에는
아무것도 없구나.

지금부터 하려는 이야기는 훈제된 연어처럼 한 번 걸러진 이야기가 아닙니다.

통조림 깡통 안에 들어 있는 식품처럼 이 모양 저 모양으로 가공된 이야기도 아닙니다.

이 이야기는 시끌벅적한 도시의 어느 아파트 안에서 언제나 일어날 수 있는 이야기이기도 하고, 구릉진 계곡이 있는 산골짜기 외딴 마을에서도 얼마든지 일어날 수 있는 이야기이기도 합니다.

이 이야기는… 방금 뽑아 든 새파랗고 하얀 무처럼 여기저기 황토기 묻어 있는, 투박하지만 싱싱하고 여느 집과 똑같이 보이지만 조금은 다른 슬기네 집 안을 지금 살짝 들여다본 이야기입니다.

이 이야기에 공감할 수 있으려면 우선 서민용 다세대 주택에 살고 있는, 조금은 궁색한 친구들의 심정이 어떤 것인가를 이해할 수 있어야 합니다.

또 달이 떠오르지 않는 날, 캄캄한 어둠만이 존재하는 거름 냄새 나는 시골에 친척들이 살고 있거나, 그런 곳에서 오랜 기간 동안 생활해 본 사람이라야 이해하기가 한결 쉬울 것입니다.

왜냐하면 슬기네는 도시 한가운데에 살고 있긴 하지만 닭장처럼 칸칸마다 한식구가 옹기종기 모여 사는 그런 집에 사는 사람들이고, 이 글을 쓰는 슬기아빠로 말하자면 대롱대롱 벼이삭이 매달려 있는 오롯한 농로 사이로 하얀 담배 연기를 내뿜으며 경운기를 몰고 가는, 가을 햇빛에 얼굴이 까무잡잡하게 검게 탄 보통의 농부처럼 생긴 사람이니까 더 더욱 그렇습니다.

그리고 또 어느 날 한밤중에 갑자기 일어나 차를 몰고 정동진으로 달려가 떠오르는 태양을 바라보며 길게 심호흡을 해본 적이 있는 사람들과 푸른 산등성이로 솟아오르는 아침 해를 바라보며 그것이 아름답다고 느낄 수 있는 사람이라면 슬기네 집에 대한 이해가 더욱더 빠를 것입니다.

왜냐하면 슬기네 집 사람들은 갑자기 떠나고 싶으면 준비된 보따리를 하나씩 짊어지고 텐트와 코펠, 낚시 도구를 싣고 언제, 어느 곳이라도 부르릉 떠날 수 있는 사람들이기 때문입니다.

슬기네 집은 누가 특별하게 거론하지 않는다면 일 년 사시사철 삼백육십오 일 아무 일도 일어나지 않는 것처럼 보일지도 모릅니다.

그렇지만 슬기네 집은 어느 오피스텔에서 일어날 수 있는 잡다한 사무들만큼이나 많은 사연이 숨어 있고, 아빠와 엄마, 슬기와 남동생 성이, 이렇게 넷이 함께 살고 있으므로 중소기업에 다니는 과장님의 컴퓨터 본체만큼이나 간단하지 않은 사연이 수두룩하게 숨어 있습니다.

게다가 슬기가 그토록 말도 많고 탈도 많았던 '수험생'이었으니 슬기네 집안에서 일어난 사연들이 결코 간단하진 않았을 것입니다.

사실로 말하자면 매일매일 살얼음판이었는지도 모릅니다.

하지만 말입니다, 슬기가 수험생이었든 아니었든 슬기네 집안은 겉보기에도 그렇고 속 보기에도 누구에게나 그냥, 하루 종일 아무 일도 일어나지 않는 집안처럼 언제나 평범하게 보였을 것입니다. 정말로 누가 두 번째 손가락을 들어 특별하게 지목하지 않는 이상

지난 일 년 내내 아무 일도 일어나지 않은 집처럼 보였을 것입니다.

왜냐하면 슬기네 집은 슬기가 수험생이었다는 표시가 조금도 나지 않았기 때문입니다. 새벽부터 한밤중까지 집 안 전체가 숨소리조차 크게 내쉬지 못하고 쥐 죽은 듯이 지내지도 않았고, 강남의 유명 족집게 선생을 찾아 신발 뒤꿈치가 모조리 닳도록 찾아가는 일 따위도 벌이지 않았습니다.

게다가 슬기를 입시 학원에서 데려오기 위해 한밤중에 부리나케 시동을 걸었다 껐다 하는 따위의 요란한 사태는 단 한 번도 일어나지 않았습니다. 슬기네 집은 그냥 그 골목 안에 언제나 그 모습 그대로 있었을 뿐입니다.

골목골목을 누비며 장사하는 사람들의 조그만 트럭들이 입구를 점령하고, 자신의 물건이 다른 사람들의 물건들보다 특별히 더 싱싱하다며 '계란이 왔어요'를 강조하는 요란스러운 확성기 음이 메아리치는 골목 한가운데에 슬기네 집이 있습니다.

좀 전에도 말했지만 슬기네 집은 닭장처럼 다세대 주택들이 이리저리 진열되어 있는 그런 곳에 위치하고 있습니다.

이쯤에서 좀 이상하게 들릴지도 모를 이야기 하나를 하겠습니다.

슬기는 분명 수험생이었지만 아빠나 엄마, 동생 성이조차도 그 점을 인정하지 않았습니다. 중학교에 다니는 남동생 '성'과 같은 그저 '학생'이라는 점만 인정될 뿐이었습니다.

그런 이 집안 사람들은 아무튼 이상한 점이 한두 가지가 아닙니다.

누구든 먹고 싶은 것이 있으면 언제 어디서라도 질릴 때까지 먹습니다.

컴퓨터 게임을 하고 싶으면 누구나 켜고 밤을 낮 삼아 게임을 하며 싫증이 날 때까지 신나게 놀며 즐깁니다.

자고 싶을 때는 이 방 저 방을 기웃거리다가 과식한 돼지처럼 아무 곳에서나 팔다리가 노골노골할 때까지 누워 잡니다. 그럴 때는 자는 것보다 더 행복한 일이라는 것은 결단코 없다고 믿는 사람들이 슬기네 집 사람들입니다.

따라서 슬기에게 '너는 수험생이므로 공부만 해야 한다' 라는 말은 먼 산에서 들려오는 희미한 메아리 소리나 마찬가지입니다.

그 덕분인지도 모릅니다. 슬기네 집 사람들은 모두가 허리 부분이 넉넉하고 얼굴과 목살 부분이 통통합니다.

마음가짐도 천하태평입니다.

아래층의 그 요란한 강아지가 밤을 낮 삼아 왈왈, 캉캉거려도 아래층으로 달려가 '위층에 수험생' 이 있다는 사실을 알려준 적이 없습니다.

어떤 사람은 밤중에 슬기네 집으로 전화를 거는 것조차도 조심스러워하지만 그것은 그분의 지나친 조심성일 뿐입니다. 이때의 수험생 슬기는 동생 성이를 데리고 수시로 노래방을 전전하고 있었으니까요.

수험생 슬기 왈, 스트레스 해소에는 고래고래 악을 쓰는 것보다 더 좋은 것이 없대나 어쨌대나…….

아빠는 모르는 것이
너무 많은 존재입니다

아이는 아이답게,
오늘은 귀엽고 내일은 보람있게
키우면 된다, 이겁니다.

슬기엄마는 슬기를 이렇게 키웠습니다

슬기엄마가 부정하는 것 중 하나는
인위적으로 아이를 영재로 만들 수 없다는 것입니다.
천재는 공산품 조립하듯
이리저리 조작해서 탄생시킬 수 없다는 거지요.
이건 분명한 사실입니다만,
한국의 엄마들처럼
'아이들을 천재나 영재로 만들기 위한
교재 사들이기에 열심인 나라' 가
이 세상 어디에 또 있겠습니까?
몇백만 원 어치나 되는 유아 교육 전문 회사들이나
아동 교재 전문 회사들이 뚝딱 만들어낸 교재로 인해
아이들이 천재가 된다면
이 나라에는 모조리 천재들만 살고 있을 겁니다.
슬기엄마의 지론인즉,
아이는 아이답게, 오늘은 귀엽고 내일은 보람있게 키우면 된다,
이겁니다.

모든 아빠는 그랬을 겁니다

모든 아빠는 다 그랬을 것입니다.

사람들은 누구나, 어떤 사물을 보고 깨닫는 느낌이나 주어진 조건의 감정 이입이 각자 다릅니다. 하지만 아빠의 입장이 되면, 한 가지 경우에 있어선 다 똑같을 것이라고 생각합니다.

이건 좀 오래전의 이야기입니다만, 첫 아이 슬기가 태어났다는 사실은 내 인생에 있어 대단히 역사적인 사건이며 그야말로 경이였습니다.

내가 아빠가 되다니……!

한편으로는 이상한 생각이 들기도 했습니다.

왜냐하면 어느 순간, 그러니까 몇 년도 몇 월 몇 일 몇 시에 갑자기 아빠가 되었으니 말입니다.

실감이 안 났습니다. 내 배가 남산만하게 불러온 적도 없었고, 알코올 냄새 나는 병원의 하얀 시트 위에 누워 하늘이 쪼개질 만한 고통을 느낀 적도 없었는데 갑자기 아빠가 된 것입니다. 그것이 경이롭다 이겁니다.

그렇지만 내가 내 딸의 아빠가 되었다는 사실은 지금까지도 여러 가지 사실로 분명하게 증명됩니다. 주민등록등본에도 호적등본에도 슬기가 나의 딸이라는 사실이 분명하게 기록되어 있습니다.

아무튼 이 사실만큼은 불변의 사실입니다. 왜냐하면 지금도 내 딸 슬기가 내 발꿈치 뒤에서 '아빠! 아빠!' 하며 쫄랑쫄랑 따라다니고 있으니까 말입니다.

슬기엄마는 슬기를 이렇게 키웠습니다

한 생명이 성장하기 위해 셀 수도 없이 많은 도

구와 기구들이 그토록 많이 필요하다는 사실에 대해 무척 놀랐습
니다.

이를테면 배냇저고리를 비롯하여 겉옷 몇 벌, 파우더, 기저귀,
커다란 목욕통, 젖병과 여벌의 젖꼭지, 그리고 더 이상 설명이 필
요없는 아이 키우기에 반드시 필요한 잡다한 모든 것……. 정말로
그런 것들이 헤아리기 어려울 정도로 많습니다.

그것보다 더 놀라운 사실이 있습니다.

도대체 슬기엄마는 언제 저런 많은 것을 하나하나씩 준비해 두
었는지, 그 점이 지금까지도 풀어낼 수 없는 수수께끼입니다.

슬기가 태어날 당시의 우리의 집은 단칸방에 부엌 하나, 헛간이
자 광, 다락이라고 말할 수 있는 또 하나의 작은 공간이 빈자리의
모든 것이었습니다.

이 모든 공간을 모조리 합친다 해도 지극히 협소한 불과 몇 평짜
리 공간이어서 눈만 크게 뜨면 공간 이쪽 끝인 창문에서 공간 저쪽
끝인 부엌까지 누구에게나 한눈에 들어옵니다.

그런데 '아기 키우는 데 반드시 필요한 잡다한 모든 기구와 도구'는 풀어놓자마자 방 안 가득 차고 넘치는 것은 물론이고, 툭하면 부엌으로까지 치워질 정도로 많이 준비되어 있었던 것입니다.

도대체 집 안 어느 구석구석에 그런 것들이 그렇게 꼭꼭 숨어 있었는지, 점점 불러오는 배를 안고 저 모든 것을 언제 하나씩 차곡차곡 준비하여 집 안 한곳에 켜켜이 쌓아두었는지, 그리고 그 모든 것은 왜 지금까지 내 눈에는 단 한 번도 뜨인 적이 없었는지…… . 나는 지금까지도 도무지 이해가 되지 않는다 이겁니다.

갑자기 도깨비 방망이가 뚝딱! 하고 울린 것 같았습니다. 그러자 그런 모든 것이 우수수 쏟아져 쌓이게 된 것이 아닐까요?

처음으로 엄마에 대해 신비스러움을 느낀 것은 그때였습니다.

아하, 아빠들은 어느 날 갑자기 아빠가 되지만 엄마는 열 달 전부터 엄마가 되기 위한 준비를 하고 있었던 것이로구나…… .

나를 더 놀라게 했던 것은 이 세상에는 이미 '태어난 자를 키우기 위한 세세한 정보'들이 정말로 무척이나 많다는 것이었습니다. 그런 것들은 이미 홍수를 만난 강처럼 차고 넘치며 이리저리 떠다니고 있었습니다.

그 정보들은 너무나 사실적이고 특별하고 또 정확하고 현실적이기도 하여 누구든 아이를 낳기만 하면 어른이 될 때까지 저절로 키워줄 것만 같았습니다.

슬기가 서너 살이 되었을 때 우리는 서민용 아파트로 이사갔습니다.

그 아파트는 24평형이었습니다. 엘리베이터가 없는 5층짜리 아파트였지요. 그게 우리의 집이 된 것입니다. 물론 그때부터 슬기의 방이 따로 정해졌습니다.

아이를 키워본 사람이라면 누구나 경험한 일이겠지만 그때부터 집 안 구석구석은 슬기를 위한 데크레이션으로 가득 차고 넘쳤습니다.

곳곳에 한글 낱말 카드가 놓여 있었고 벽에는 한글 그림 카드가 만국기처럼 붙어 있게 되었습니다. 냉장고 앞면과 옆면, 방문, 심지어는 화장실 문에도 키 높이에 맞추어 전봇대에 붙어 있는 선전물처럼 붙어 있게 되었습니다.

슬기의 작은 방에는 온갖 장난감이 수북이 쌓였습니다. 할아버지 할머니, 고모와 삼촌들이 올 때마다 하나씩 사 들고 와 그렇게 쌓이게 된 것입니다.

그중에는 여자 아이들이 좋아하는 예쁜 인형이 가장 많았지요.

다른 장난감들도 더 있었지만 그중에는 낮은 음 '도'에서 높은 음 '도'까지만 소리가 나는, 음역이 불분명한 장난감 실로폰도 하나 있었습니다.

그렇지만 나는 그런 모든 것이 아이 교육에 직접적인 관련이 있다는 사실을 이 땅의 모든 아빠들처럼 조금도 깨닫지 못했습니다.

호기심이
산 교육입니다

아이들이
조금 일찍 글을 깨우쳤다는 것은
엄마나 아빠에게
조금 일찍 즐거움을 줄 뿐입니다.
아이들이
조금 일찍 글을 깨우쳤다는 것은
엄마나 아빠에게
조금 일찍 즐거움을 줄 뿐입니다.
아이들이
조금 일찍 글을 깨우쳤다는 것은
엄마나 아빠에게
조금 일찍 즐거움을 줄 뿐입니다.
아이들이
조금 일찍 글을 깨우쳤다는 것은
엄마나 아빠에게
조금 일찍 즐거움을 줄 뿐입니다.
아이들이
조금 일찍 글을 깨우쳤다는 것은
엄마나 아빠에게
조금 일찍 즐거움을 줄 뿐입니다.
아이들이
조금 일찍 글을 깨우쳤다는 것은
엄마나 아빠에게
조금 일찍 즐거움을 줄 뿐입니다.
아이들이
조금 일찍 글을 깨우쳤다는 것은
엄마나 아빠에게
조금 일찍 즐거움을 줄 뿐입니다.
아이들이
조금 일찍 글을 깨우쳤다는 것은
엄마나 아빠에게
조금 일찍 즐거움을 줄 뿐입니다.
아이들이
조금 일찍 글을 깨우쳤다는 것은
엄마나 아빠에게
조금 일찍 즐거움을 줄 뿐입니다

슬기엄마는 슬기를
이렇게 키웠습니다

아이들이
조금 일찍 글을 깨우쳤다는 것은
엄마나 아빠에게
조금 일찍 즐거움을 줄 뿐입니다.

장난감 실로폰은 언제나 그 자리에 있었습니다.

누구나 알다시피 '도'를 때리면 '도' 음이 나고, '레'를 때리면 '레' 음이 나고, '미'를 때리면 '미' 음이 나는 그런 실로폰입니다.

그런데 말입니다. 슬기엄마는 그런 사실을 슬기에게 조금도 가르쳐 주지 않았습니다. 그래서 장난감 실로폰은 언제나 그 자리에 있었습니다.

슬기엄마의 생각은 이랬습니다.

호기심은 어떤 아이에게나 잠재되어 있는 것이라서 그것이 언젠가는 반드시 행동으로 나타난다는 겁니다. 때문에 실로폰은 다만 그 자리에 있기만 하면 된다는 것이었습니다.

어느 날이었습니다.

도… 레… 미… 파… 솔… 라… 시… 도…….

슬기는 늘 그 자리에 있던 실로폰을 쳤습니다. 혼자, 심심하니까 쳤습니다.

도… 레… 미… 파… 솔… 라… 시… 도…….

하루 종일 뚱땅거렸습니다.

도레미파솔라시도.

신기해하며 뚱땅거렸습니다.

크고 작은 색색의 건반을 뚱땅거릴 때마다 낮은 음이 나기도 하고 높은 음이 나기도 하는 실로폰을 잘도 가지고 놀았습니다.

가끔은 낮은 음만 했고, 어떤 때는 높은 음만 연속적으로 치기도 했습니다. 어떤 때는 높은 음만 치다 갑자기 낮은 음역에서만 땡땡거렸습니다.

슬기는 꽤 오랜 기간 동안이나 뚱땅거렸습니다. 실로폰이 망가질 때까지 뚱땅거리며 놀았습니다.

지금 생각해 보아도 실로폰은 언제나 그 자리에 있는 것이 옳았습니다. 만일 슬기엄마가 강제로 실로폰 앞에 슬기를 앉혀놓고 치라고 했다면 슬기는 하루 종일 뚱땅거리지 않았을 것입니다. 30분도 안 되어 싫증을 느꼈을 것입니다.

넓고 긴 건반에서는 낮은 소리가 나고, 얇고 작은 건반에서는 높은 소리가 난다는 사실을 자기 혼자 깨닫지 못했을 것입니다.

실로폰은 언제나 그 자리에 있어야 합니다. 정말로 그 자리에 있는 것이 옳았습니다.

벽에 붙어 있는 커다란 학습용 그림 카드와 바닥에 놓여 있는 낱말 카드에 대한 이야기를 하겠습니다.

가지가 그려져 있는 그림 카드 밑에는 큰 글자로 '가' 라고 쓰여 있고 '지' 라는 글자는 조금 작은 글자로 쓰여 있습니다.

나무가 그려져 있는 그림 카드 밑에는 큰 글자로 '나' 라고 쓰여 있고 '무' 라는 글자는 조금 작은 글자로 쓰여 있습니다.

그런 식으로 '다', '라', '마'… '하늘' 까지 '하' 자는 큰 글자 쓰여 있었고 '늘' 자는 조금 작은 글자로 쓰여 있습니다.

그림 카드와 낱말 카드들은 언제나 그런 식으로 우리 집 곳곳에 놓여 있거나 벽에 붙어 있었습니다. 그냥 그렇게 붙어 있거나 놓여 있었습니다.

보통의 엄마들은 아이들이 벽과 냉장고, 그리고 방문에 붙어 있는 그림 카드의 단어들을 반드시 읽어주기를 원합니다.

보통의 엄마들은 아이들이 바닥에 놓여 있는 낱말 카드의 단어들을 완전히 외워주기를 원합니다.

또 보통의 엄마들은 아이들이 따라 하지 못하면 짜증을 내며, 아이들의 엉덩이를 투닥거려 가며 암기시키려 듭니다.

슬기엄마는 단 한 번도 그렇게 하지 않았습니다.

낱말 카드들은 언제나 그 자리에 덩그라니 놓여 있고 그림 카드들은 언제나 여기저기에 그냥 덕지덕지 붙어 있었습니다.

다만 그 아래에는 조그만 앉은뱅이 상이 준비되어 있었습니다. 거기에는 또 크레파스와 도화지가 놓여 있었습니다. 그뿐입니다. 그런 것들은 주인이 없는 물건처럼 언제나 그곳에 붙어 있거나 놓여 있었습니다.

아이들은 그림 카드보다 냉장고 안에 들어 있는 마실 것을 더 좋아하고, 낱말 카드보다 냉동고 속에 들어 있는 아이스크림을 더 좋아합니다.

슬기도 그랬습니다. 가끔 그림 카드나 낱말 카드를 힐끔힐끔 바라보긴 했습니다만 언제나 냉장고의 유혹에 먼저 넘어갔습니다.

그러다 입에 무엇인가가 채워지면 비로소 낱말 카드를 슬쩍슬쩍 바라보곤 했습니다. 신기한 듯 그림 카드를 이리저리 훑어보곤 했습니다.

앞에서도 말한 적이 있습니다만 아이들은 호기심덩어리입니다.

'이것이 무엇이다'라고 가르쳐 주지 않아도 곧 '이것이 무엇일까?'라는 생각을 하게 됩니다. 그것이 자녀 교육에 더 효과적입니다. 그것이 바로 '혼자 하기'이며 호기심을 '스스로의 터득'으로 발전시키는 첫 번째 단계입니다.

주입식 교육은 금방 잊어버립니다

"엄마, 이거 가지 맞아?"

슬기가 도화지에 크레파스로 괴발새발 그려온 글자는 글자라기보다 오묘한 추상화 같았습니다. 요리조리 뜯어보아야만 '가지'라는 글자라는 걸 알 만했습니다.

"맞아, 그게 가지라는 글자야."

슬기엄마는 용케도 그 글자를 알아보았습니다.

그런 날들이 쉬이쉬이 지나갔습니다.

어느 날 슬기는 아빠의 얼굴이 그려져 있는 카드에 쓰여져 있는 글자가 '아빠'라는 걸 알게 되었고, 엄마가 그려진 카드에 쓰여져 있는 글자가 '엄마'라는 걸 알게 되었습니다.

강아지도, 고양이도, 코끼리도, 하마도 그림을 보고 글자는 그렇게 써야 된다는 것을 알게 되었습니다.

이윽고 마지막 단어인 '하늘' 쓰는 법을 알게 되었고 파란 하늘을 한글로 그렇게 쓰는 것이라는 것을 알게 되었습니다. 혼자 알게 되었습니다.

거듭 말씀드리겠습니다. 이 점이 중요합니다. 스스로 알게 되었다는 것 말입니다.

엄마들은 가끔 잊고 사는 것 같습니다. 주입식으로 가르쳐 주는 것은 스스로 터득한 것보다 쉽게 잊어버리고 만다는 사실을 말입니다.

따사로운 햇살이 골고루 퍼지는 어느 봄날이었습니다.

나와 슬기엄마는 슬기를 데리고 들로 나갔습니다. 들이라곤 하지만 사실은 '아직 발전된 모습을 하고 있지 않은 도시'에 살고 있었기에 주변이 온통 들이었습니다.

우리는 그리 멀지 않은 곳까지 함께 걸었습니다.

논둑 길을 걷다 보니 파랗게 돋아난 새싹들 위로 긴 겨울잠에서 깨어난 개구리가 엉기적거리며 기어가다가 논으로 퐁 뛰어드는 모습이 보였습니다. 겨우내 서릿발이 맺혀 있던 밭고랑에서는 막 솥에서 꺼낸 만두처럼 몇 줄기의 아지랑이가 스르르 피어오르고 있었습니다.

그런 광경들을 눈동자에 새기며 얼마를 더 걸었습니다. 그때 슬기가 나를 돌아보며 '춥다'라고 말했습니다. 나는 냉큼 슬기를 안고 걸었습니다. 그리곤 얼마를 더 걷다가 슬기를 안고 집으로 왔습니다.

며칠이 지났습니다. 우리는 또 그 들길을 걸었습니다. 그날은 처

음 걸었던 날보다 더 따사로운 햇살이 쪼이는 날이었습니다. 그날
도 슬기는 '춥다' 라고 말하는 것이었습니다. 나는 전에처럼 슬기
를 안고 들 이곳저곳을 걷다 집으로 돌아왔습니다.

우리 가족은 며칠에 한 번씩 그런 '들녘' 걷기를 하곤 했습니다.

다시 며칠이 지났습니다. 우리 가족에게 어떤 볼일이 생겨 모두
함께 어디론가 가야 할 일이 생겼습니다. 그런데 그날 슬기는 문을
나서자마자 '춥다' 라고 말하는 것이었습니다.

나는 그때 알았습니다. 슬기가 '춥다' 라고 말하는 것은 추워서
가 아니라 '아빠가 안아달라' 라는 의미였습니다. 그러니까 춥다고
하면 아빠가 냉큼 안아주곤 했으므로 '안아달라' 라고 말하지 않고
'춥다' 라고 말했던 것입니다.

슬기가 엄마와 함께 어디를 갈 땐 '춥다' 라는 말을 하지 않습니
다. 슬기는 엄마가 안아줄 일이 있을 때만 안아준다는 것을 벌써
알고 있는 것입니다.

아이들은 '가능' 과 '불가능' 에 대해 알고 있습니다. 엄마는 쉽
게 안아주지 않는다는 것을 알고 있고 아빠는 언제라도 번쩍번쩍
안아준다는 것을 알고 있는 것입니다.

슬기엄마는 종종 슬기를 데리고 동네 가게에 가곤 합니다. 슬기
에게 간식거리를 사주기 위해서입니다.

그럴 땐 슬기에게 천 원짜리 지폐 한 장을 쥐어주곤 합니다. 돈이 손에 잡히면 슬기는 엄마보다도 먼저 문밖으로 쪼르르 달려나갑니다. 가게까지도 먼저 달려나갑니다.

가게에서의 슬기는 먹고 싶은 것을 스스로 고릅니다. '자기가 먹고 싶은 것의 선택은 자기가 하는 것'입니다. 그것이 얼마짜리이든 상관없이 자신의 마음에 드는 것을 고릅니다.

그리곤 손에 잡혀 있는 지폐를 냅니다. 그렇게 해야 자신이 고른 것이 자신의 것이 되는 것이라고 믿기에 돈을 냅니다. 거스름돈을 받을 때도 슬기가 받습니다.

때문에 어느 것을 사면 얼마의 거스름돈을 받게 되고, 또 어떤 것을 사면 얼마의 거스름돈을 받게 되는지 알게 되었습니다. 때론 천 원이 더 되는 것을 고를 때도 있습니다. 물론 그땐 슬기엄마가 슬쩍 더 냅니다.

슬기엄마는 가게에서 무엇인가를 살 땐 반드시 돈을 내야 한다는 점을 가르친 겁니다. 가게의 물건은 자신이 갖고 싶다고 하여 갖는 것이 아니라는 점을 가르친 것입니다.

슬기의 방에는 커다랗고 투명한 돼지저금통이 있습니다.

그것은 '슬기의 것'입니다. 다시 말하자면 슬기가 받은 거스름돈을 모아두는 돼지저금통입니다.

슬기는 가게에서 받아온 거스름돈을 반드시 그 돼지저금통에 넣습니다. 그러니까 먹을거리는 반드시 필요한 것이어서 엄마에게 돈을 받아 사야 되는 것이고, 남은 돈은 '모아야 자신의 더 큰돈이 되는 것'임을 압니다. 저금의 개념을 이해하지는 못하지만 남은 돈은 모아두어야 한다는 것을 아는 것입니다.

아이들에게 저금, 저축… 그런 것을 이해시킬 필요는 없습니다. 돼지저금통은 어차피 저금, 저축의 개념입니다. 단지 그것을 자기 방 안에 놓아주기만 하면 됩니다.

슬기가 한글을 모두 깨우치는 데 걸린 기간은 육
개월 정도였습니다. 그 기간 동안 '읽기와 쓰기'를 터득할 수 있었
던 이유는 순전히 '자신의 능력으로 이치를 살핀 까닭'이었습니
다. 다시 말하자면 슬기엄마가 그렇게 되도록 유도한 것이지요.

만일 슬기가 더 오랜 기간이 지나 읽기와 쓰기를 터득하지 못했
다 하더라도 슬기엄마는 강제로 쓰게 하거나 읽게 하지는 않았을
겁니다. 그게 슬기엄마의 스타일입니다.

누구나 일단 공부를 시작하게 되면 그때부터 이십여 년 이상을
꾸준하게 공부를 해야 합니다. 조금 일찍 읽기와 쓰기를 깨우치든,
조금 늦게 읽기와 쓰기를 깨우치든 그건 학문의 긴 세월에서 그리
중요한 일이 아닙니다. 때가 되면 누구나 같은 수준에 이르게 되는
것이 아이들입니다.

엄마들은 이 점을 망각하지 말아야 합니다. 아이들이 조금 일찍
글을 깨우쳤다는 것은 엄마나 아빠에게 조금 일찍 즐거움을 줄 뿐
입니다.

천재는 쉽게 탄생되지 않는다

아이들의 교육을 전문으로 책과 교재를 출판하는 유아 교육 전문 회사들이나 아동 교재 전문 회사들의 주장은 언제나 판에 박은 듯 똑같습니다.

유아기부터 초등학교에 들어가기 전까지는 인생 전반부에 있어 교육적으로 가장 중요한 시기이며 창의력과 지적 능력, 그리고 학습 능력과 지능 발달이 바로 이 시기에 결정된다는 겁니다.

때문에 바로 이 시기에 조기 교육을 실시하면 누구나 무한한 잠재력이 개발되어, 누구나 영재 내지는 천재가 된다는 겁니다.

아울러 '본사에서는 우리네 정서에 딱 부합되고 지적 발달 내지는 성장, 행동 발달에 딱 맞는, 그러니까 아이들 나이에 따라 인지 발달은 물론이고 수리, 언어, 탐구 등 아무튼 평범한 범재도 자신들이 개발한 교재를 익히기만 하면 무조건 영재 내지는 천재가 된다'고 선전을 합니다.

듣고 보면 참으로 그럴듯합니다. 아이를 키우는 엄마들이라면 그런 말들은 핀셋으로 꼭꼭 귀에 넣어주듯 머리에 들어와 박힙니다.

아무튼 그런 교재들은 유아 교육의 정평이 있는 전문가들 사이에서도 '오랜 검증과 연구를 거친 타당한 방법들'로 이미 오래전부터 두루 인정을 받았으며, 따라서 엄마들은 그런 것들을 사 쌓아두기만 하면 아이 교육에 대한 큰 짐을 모조리 벗게 된다는 겁니다.

그런 교재들은 종류의 다양성을 일일이 설명할 필요도 없거니와 도구의 다양함 또한 어떻게 이렇듯 절묘하게 개발되었을까 하는 경탄까지 자아내게 합니다.

그리하여 엄마들은 A 사나 B 사, C 사의 교육 교재들을 무더기로 구입하여 아이들에게 산처럼 쌓아놓고 읽게 하거나 익히게 합니다. 천재 아니면 영재로 만들기 위해서 말입니다.

슬기가 어렸을 때의 일입니다.

우리 동네 아이들 거의 모두가 그런 교재들을 몇 종류씩 쌓아두고 읽게 하고 익히게 했습니다.

그런데 참 이상한 일도 다 있습니다. 그렇게 교육시킨 아이들 중에서 지금까지도 동네를 떠들썩하게 만든 천재가 탄생하지 않았습니다.

도대체 뭐가 잘못된 것인지 모르겠습니다.

아이를 교육시키기 위한 대단히 많은 정보에 대한 슬기엄마의 판단은, 어느 것이나 오십보백보라는 것이었습니다.

다분히 작위적이고 편의 위주의 장사 수단이 포함되어 있다는 겁니다. 아이들은 다만 아이들이며, 어떤 계기로 인해 갑자기 천재가 되진 않는다는 뜻입니다.

엄마는 내 아이가 어떤 분야에서는 아무리 노력해도 특출한 자질을 발휘하지 못한다는 사실을 잘 알고 있습니다. 엄마는 또 내 아이가 어떤 분야에서는 천부적인 자질을 지니고 있다는 사실을 잘 알고 있습니다.

분명하게 말하겠습니다. 시중에 차고 넘치는 '아이들을 천재 아니면 영재로 만들어준다는 교재' 들은 참고는 하되, 익히기만 하면 내 아이가 반드시 천재 아니면 영재가 될 것이라고 믿을 필요는 없습니다.

모든 엄마도 사실, 그런 점들을 분명하게 알고 있습니다. 내 아이의 적성과 신체 발달 상황과 지능 발달 단계 등 모든 면을 말입니다.

그럼에도 안개와 같은 기대감을 버리지 못하는 것이 바로 엄마들입니다.

슬기엄마의 선택은 이랬습니다.

무조건 천재 아니면 영재로 만들어준다는 교재들을 농부가 가을걷이를 하여 곡간에 들여놓듯 차곡차곡 집 안으로 들여놓지 않았습니다.

물론 반드시 필요하다고 여겨지는 몇몇 교재와 읽을거리들은 사들였지만 그 양과 수에 있어 다른 엄마들에 비해 월등하게 적었습니다.

아이들의 교육은 교재가 시키는 것이 아니라 집 안 분위기와 환경, 그리고 엄마가 시키는 것이라 생각했기 때문입니다.

아이를 앞에 앉혀두고 받아쓰기를 시키는 일은 엄마의 엄마들이 어린 시절에 강압적으로 시켜왔던 일입니다.

슬기엄마도 슬기에게 받아쓰기를 시키기는 했지만 방법에서 다른 엄마들과 차이가 있었습니다.

나도 처음에는 어떻게 된 일인지 알지 못했습니다만 신기하게도 슬기가 먼저 받아쓰기를 하겠다고 조르는 것이었습니다. 다른 아이들은 받아쓰기라면 질색을 하는 데도 말입니다.

나중에 알게 된 일이지만, 슬기엄마는 받아쓰기를 마쳤을 때마다 칭찬 한마디씩을 해주었습니다. 언제 해주어도 될 칭찬을 그때 해주는 것이었습니다.

"연필 잡은 손이 정말 예쁘네."
"세수를 했구나. 얼굴이 반짝반짝하네."
"이도 새하얗게 닦았네."

100점 받았을 때만 칭찬해 주는 것이 아니었습니다. 90점을 받든 80점을 받든, 아무튼 받아쓰기를 마쳤을 때 칭찬을 해주는 것이었습니다.

따지고 보면 좀 엉뚱한 칭찬이었습니다. 그래서 슬기는 언제나 받아쓰기를 하겠다고 먼저 조르는 것이었습니다.

아이에게 '십 빼기 삼은?' 이라던가 '사 곱하기 이는?' 이라는 질문들 또한 엄마들이 어린 시절에 무수하게 들어왔던 질문들입니다.

그럼에도 엄마들은 아이들에게 똑같은 방법으로 똑같은 질문을 합니다. 아이들은 벌써 싫증을 내었음에도⋯ 엄마들은 그렇게 합니다.

아이가 맞추어도 칭찬을 해주지 않습니다. 그 대신 틀리면 나무라기만 합니다.

이렇게 하면
책벌레가 됩니다

문흥술 교수(국문학 박사, 서울여자대학교)가
'엄마들을 위한 어떤 강좌'를 마쳤을 때
한 엄마가 이런 질문을 했습니다.
"우리 아이는 책을 읽지 않아요.
아이에게 책을 많이 읽히게 할 방법이 있다면
알려주세요."
문흥술 교수는 간단하게 대답했습니다.
"아이가 보는 앞에서
엄마가 먼저 책을 읽으십시오."

슬기엄마는 슬기를
이렇게 키웠습니다

문흥술 교수(국문학 박사. 서울여자대학교)가
'엄마들을 위한 어떤 강좌'를 마쳤을 때
한 엄마가 이런 질문을 했습니다.
"우리 아이는 책을 읽지 않아요.
아이에게 책을 많이 읽히게 할 방법이 있다면
알려주세요."
문흥술 교수는 간단하게 대답했습니다.
"아이가 보는 앞에서
엄마가 먼저 책을 읽으십시오."

슬기가 한글을 깨우칠 무렵의 일입니다.

슬기엄마는 동화책을 책꽂이 여기저기에 꽂아두었습니다.

슬기엄마는 슬기보다 먼저 동화책을 읽었습니다. 슬기가 보는 앞에서였습니다. 시집 종류나 여타의 책들을 읽기도 했지만 슬기를 위해 사둔 동화책을 먼저 읽었습니다. 그렇지만 슬기에게 읽으라는 말은 하지 않았습니다.

그런데 어느 날부터 슬기가 동화책을 읽기 시작했습니다.

습관은 버릇의 다른 말입니다. 그것은 답습에 의한 것입니다. 어렸을 때 슬기의 별명은 책벌레였습니다. 늘 엄마를 따라 책을 읽곤 했으므로 주변 사람들이 그렇게 붙여준 것입니다.

중단해야 할 때와 반드시 해야 할 때

슬기가 처음으로 사회에 첫발을 내디딘 것은 또래의 아이들이 와글와글, 웅성웅성, 재잘재잘거리는 '놀이 방'이라는 곳이었습니다.

놀이 방에 가는 일은 '엄마와의 잠시 동안의 단절'을 의미합니다.

슬기엄마가 슬기를 놀이 방 선생님에게 맡기고 돌아섰을 때였습니다.

슬기가 마구 울어대기 시작했습니다. 돌아서는 엄마의 뒷모습을 보고 마구 울어댔습니다. 지금까지 그 놀이 방에 와 엄마와 헤어지며 울었던 아이들보다 더 크고 서글프게 울어댔습니다.

놀이 방 선생님이 애써 변명을 했습니다.

"처음에는 어떤 아이나 다 그래요."

그런데 슬기엄마는 '어떤 아이나 다 그렇게 하는 일'을 부정했습니다. 그때는 참으로 과감했습니다. 슬기를 데리고 집으로 와버렸습니다.

그 이유는 '네가 싫어하는 일은 시키지 않는다' 라는 것이었습니다. 그 일은 슬기가 다섯 살 때 일이었습니다.

여섯 살 때 슬기는 동네의 다른 아이들과 어울려 유치원에 들어갔습니다. 슬기는 고만고만한 아이들과 나란히 서서 유치원 안으로 들어갔습니다.

그때도 슬기는 엄마가 보이지 않자 요란하게 울어댔습니다. 서글프게 울어댔습니다. 아무튼 다른 아이들보다 두드러지게 울어댔습니다. 슬기는 지독한 울보였던 겁니다.

슬기엄마는 슬기가 아무리 울어대도 놀이 방에서처럼 유치원에서 데리고 오지 않았습니다. '그 나이부터는 다른 아이들처럼 '사회적인 생활' 을 해야 한다' 라는 것이 슬기엄마의 생각이었습니다.

왜냐하면 유치원은 분명 그들만의 작은 사회이니까요.

슬기엄마는 냉정합니다

엄마의 사랑만큼 아이들의 내면을 풍요롭게 만드는 것은 달리 없을 것입니다. 엄마가 아이들에게 베푸는 사랑에는 아무 문제 될 것이 없지만 진짜 문제는 과잉 보호에 있습니다.

이 나라 엄마들의 아이 사랑은 '효율성없는 맹목적인 사랑'이라고 말해도 틀린 말이 아닐 것입니다. 아이들이 좋아하는 물건 앞에서 칭얼대기 시작하면 그 물건은 어느새 아이의 몫이 되어 그 아이의 품 안에 안겨 있습니다.

슬기엄마에게 그런 일은 씨도 안 먹히는 소리입니다. 아이들이 칭얼댄다고 그 물건을 사주는 법이 절대로 없습니다. 이때는 정말로 냉정합니다.

슬기엄마는 계기를 만들어 그 물건을 사줍니다.

이를테면 생일이라던가 특별히 칭찬받을 만한 일이 있을 때, 혹은 스스로 자기 일을 알아서 마쳤을 때 원했던 물건을 사줍니다.

그러니까 슬기엄마는 아이들이 무엇을 가지고 싶어하는지 이미 알고 있다는 겁니다.

불 켜고 자는 집

슬기가 컸습니다.

남동생 '성'이가 태어났습니다.

슬기가 더 컸습니다.

남동생 '성'이도 컸습니다.

한밤중이 되면 슬기네 집은 언제나 이상한 일이 벌어집니다.

"불 끄고 자자."

슬기네 집에서는 아무도 그런 말을 하지 않습니다.

오히려 방마다 꺼진 불도 다시 켜집니다. 각자의 방으로 가며 책 한 권씩을 들고 가기 때문입니다.

동화책을 들고 가든, 교과서를 들고 가든, 만화책을 들고 가든 누구나 책 한 권씩을 들고 자신의 방으로 갑니다.

아빠도, 엄마도, 슬기도, 성이도 책을 들고 자러 갑니다.

아참! 만화책도 책입니다.

이불이 있고 베개가 있습니다.

배추머리를 한 인형도 있고 강아지 인형도 있습니다. 그리고 어제 읽었던 몇 권의 책이 베개 옆에 있습니다.

그래서 그런가 봅니다.

슬기의 남동생 '성'이도 누나의 별명이었던 '책벌레' 별명을 물려받았습니다. 이웃의 모든 사람에게서 말입니다.

성이는 단지 누나가 했던 일을 따라 했을 뿐입니다.

각자의 방에는 책꽂이가 있습니다.

슬기의 방에는 책꽂이 세 개가 늘어서 있습니다. 거기엔 그 또래의 아이들이 읽을 만한 책이 꽂혀 있습니다. 슬기엄마가 준비해 둔 책들입니다.

슬기가 그 책을 읽든 말든 슬기엄마는 상관하지 않습니다. 거기에 책을 준비해 둔 것으로 엄마의 임무는 끝난 것입니다.

읽고 안 읽고는 오로지 슬기의 몫입니다.

남동생 성이의 방에도 책꽂이가 늘어서 있습니다.

거기에도 성이 또래의 아이들이 읽어야 할 책이 꽂혀 있습니다. 절반 정도는 누나가 읽은 후 물려준 것이지만 절반 정도는 엄마가 새로이 사준 것들입니다.

그 책들 역시, 읽든 안 읽든 성이가 알아서 할 몫입니다.

엄마와 아빠의 방에도 책꽂이가 있습니다. 엄마나 아빠가 즐겨 읽는 책들이 거기 가득 꽂혀 있습니다 아이들은 자러 가기 전에 인사를 하러 옵니다. 그때 아이들은 책 읽고 있는 엄마의 모습을 봅니다. 아이들은 다만, 그런 엄마의 모습을 볼 뿐입니다.

슬기네 집은 툭하면 '보따리' 를 쌉니다.

아빠는 낚시 광이어서 툭하면 식구들을 모두 데리고 물을 찾아 떠납니다. 아빠가 가장 먼저 챙기는 것은 낚시 가방이고 그 다음에는 텐트를 챙깁니다.

엄마는 먹을거리를 쿨러에 가득 챙기고 각종 양념이 담긴 큰 통을 챙깁니다. 당연히 큰 가방에는 식구들의 양말과 팬티부터 여벌의 옷을 챙깁니다.

슬기와 동생 성이는 알아서 자기의 보따리를 챙깁니다. 물안경도 챙기고 튜브 등을 챙깁니다.

슬기네 집은 좀 이상한 집이어서 슬기와 성이가 가장 신경 써 챙기는 것이 자신들이 볼 책 몇 권입니다. 차를 타고 가는 동안, 텐트를 치는 동안, 물놀이를 즐긴 후 이불을 덮고 몸을 덮이는 동안 두 아이는 책을 봅니다.

그 책이 무슨 책이든 아무튼 두 아이는 챙겨 온 책을 봅니다. 엄마가 늘 그랬던 것처럼 슬기와 성이는 틈만 나면 책을 봅니다.

놀 땐 슬기와 성이처럼 잘 노는 아이들도 드물 것입니다.

노는 법을 압니다. 아무튼 제대로 놉니다.

해변에 가면 누구보다 먼저 썬 크림을 바른 후 구명 조끼를 입고 튜브를 하나씩 들고 바다 속으로 뛰어듭니다.

슬기엄마는 그동안 간식거리를 준비합니다. 어떤 때는 라면을 끓여놓기도 합니다. 부르지 않는다면 아이들은 파도 타기도 하며 지칠 때까지 놉니다.

간식이나 라면을 먹은 후에는 모래성을 쌓고 놉니다. 해마다 똑같이 쌓는 모래성입니다. 하지만 남매는 나란히 붙어 앉아 파도에 휩쓸려 가는 부분을 땜질까지 해가며 다시 쌓으며 놉니다.

그러다 다시 풍덩, 바다로 들어가 춥다고 느낄 때까지 놉니다.

계곡으로 가도 마찬가집니다.

다슬기 잡기부터 시작하여 낚시하기, 어항 놓기, 코펠 뚜껑으로 새끼 물고기 잡기… 그리고 다시 물놀이와 수영하기, 아무튼 풀어놓기만 하면 하루 해가 짧습니다. 그러니까 놀 땐 누구보다도 확실하게 노는 아이들이 바로 우리 집 아이들입니다.

그런데 말입니다. 혹시라도 여행을 떠날 때 책을 빼놓고 왔다면 반드시 인근 서점에 들러 어떤 책이든 사야 합니다.

잠시 쉬는 시간이나 잠자기 전 시간, 아침에 일어나서 햇살이 골고루 퍼질 때까지 기다리는 동안 읽을 책이 있어야 됩니다.

책값이 만만치 않습니다.

슬기엄마는 슬기를 키웁니다

어떤 예민한 분은 아이들을 '키운다' 라는 말을 사용
해서는 안 된다고 합니다. 아이들은 동물이 아니기에 키운다는 말
을 사용해선 안 된다는 것입니다.

또 그분은 아이를 기른다는 말도 사용해선 안 된다고 합니다. 아
이들은 식물이 아니기에 그런 말도 사용해선 안 된다는 겁니다.

그러니까 '양육' 이라는 고상한 말이 있는데 왜 그런 단어들을
함부로 쓰냐는 겁니다.

하지만 슬기엄마는 아이들 키우는 맛에 살고 아이들 크는 맛에
기쁨을 느낍니다.

이 글을 쓰는 나도 그렇습니다. 아이들을 키우는 일보다 더 재미
있고 보람있는 일이 있다면 그 일이 무엇인지 말씀해 주시기 바랍
니다.

교육에 있어서는 우리 것도 좋고 남의 것도 좋은 **것입니다**

"우리 것은 좋은 것이여⋯⋯."

이 말이 크게 유행하던 시절이 있었습니다.

그 시절에는 누구나 '우리 것 찾기'와 '우리의 뿌리'에 대해 유행처럼 관심을 보이던 때였습니다. 당시는 한동안이나 우리는 누구나 '우리 민족이 무조건 최고'라는 들뜬 공연한 마음을 지니고 지내왔음이 사실입니다.

신문은 연일 '상점의 옥외 간판 거의 모두가 외국어로 표기되어 있다는 점'을 불쾌해했고, TV에서도 뒤질세라 외국어로 된 간판들을 찍어 방영하며 '한국인은 주관이 없는 민족'으로 매도했습니다.

신문에서도 한자가 사라졌습니다. 축구 해설자도 코너 킥을 모서리 차기로, 드로우 인을 던지기로 설명하기조차 했습니다.

간혹 TV 프로그램 중 패널로 나온 인사가 '번역하면 뜻이 제대로 전달이 안 되는 영어'를 사용하면 여기저기서 조롱받기 일쑤였고, 특히 부지불식간에 일본어를 사용하면 그가 매국노라도 되는 양 비난의 화살이 빗발쳤습니다.

아, 일본어 사용은 지금도 그렇습니다.

사실로 말하자면 그 일은 스스로 고립을 자초하는 일이었습니다.

지금은 영어를 만국 공통어라 외치고 있고 중국어는 필수, 일본어는 선택이 된 지금의 현실임을 감안하면 그 점은 확실히 그렇습니다.

학생들을 상대로 한 KBS 프로그램 중에 49문제를 맞추면 50번째인 골든 벨을 울릴 자격이 주어지는 프로가 있습니다.

학생들에게는 대단한 인기 프로입니다. 왜냐하면 방송사 측이 각 학교를 찾아가 그 학교를 소개하고 그 학교 학생이 과연 골든 벨을 울릴 수 있는가 하는 관심을 갖게 하는 등 애교(愛校)의 의미를 최대화했기에 학생들이 지대한 관심을 갖고 있는 것입니다.

골든 벨 문제 중에서 학생들이 가장 어려워하고 싫어하는 문제가 한자 문제입니다. 출제자 또한 한자 문제를 출제하며 공연히 학생들에게 미안해합니다.

한자가 학업에 밀접한 관련이 있음은 물론이고 한자가 아니면 표현될 수 없는 단어가 수두룩함에도, 어느 날 우리 것만 찾다 한자를 공부할 기회를 잃어버린 것입니다.

슬기아빠인 나는 스포츠 광이기도 합니다. 국제 시합이 있는 날이면 집 안 전체가 쾅쾅 울릴 정도로 TV 볼륨을 키워놓습니다.

슬기가 초등학교에 다닐 당시는 프로 권투가 그런대로 인기가 있었습니다. 한국의 몇몇 선수가 세계 챔피언이기도 했습니다.

그런 시합이 있는 날이면 슬기아빠는 몇 시간 전부터 좌불안석입니다. 시합이 시작되기 한 시간 전부터 채널 고정인 것은 물론이고 혹시라도 누가 리모컨을 건드릴까 봐 벌써부터 보물처럼 움켜쥐고 있습니다.

시합이 시작되고 한국 선수가 상대 선수를 KO 직전까지 몰고 가면 중계를 하는 아나운서와 해설자도 음성이 갈라질 정도로 신명을 냅니다. 해설자가 두 번이나 연이어 똑같은 말을 합니다 .

—여기서 승패를 결정지어야 합니다. 승패를 결정지어야 합니다.

그때, 슬기가 엄마에게 물었습니다. 해설자가 별달 놀녀시비 「번이나 강조한 '승패' 라는 말이 무슨 의미냐는 것이었지요.

물론 슬기가 아빠에게 물었다면 당연히 이렇게 대답했을 것입니다.

"그건 이기고 진다는 뜻이야."

슬기엄마는 그렇게 대답해 주지 않습니다.

"이길 승(勝), 패할 패(敗) 자를 써."

슬기엄마는 늘 그렇습니다.

이건 좀 더 전의 일이지만, 우리 국민 거의 모두가 이 땅에서 한자를 영원히 추방시켜 버릴 것 같은 기세를 타고 있을 그 무렵에, 슬기엄마는 슬기에게 한자를 가르쳤습니다.

물론 강압적으로 가르치지 않았습니다. 처음에는 매일 배달되는 '기초 한자' 시험지를 벽에 걸어두기만 했습니다.

기초 한자 시험지는 매일매일 배달되었습니다. 그걸 차곡차곡 모아 끈을 달아 벽에 걸어두었습니다. 다만 걸어두기만 했습니다.

지금도 내 기억에 생생한 일이지만, 매일 배달되는 기초 한자 시험지에는 언제나 하늘 천(天) 자와 땅 지(地) 자, 그리고 사람 인(人) 자가 가장 먼저 나옵니다.

어느 날, 슬기는 그런 글자들을 보며 호기심을 느꼈습니다. 왜 저것이 벽에 걸려 있을까… 하는 호기심이었겠지요. 그때부터 슬기엄마는 비로소 한자에 대해 차근차근 설명해 주기 시작했습니다.

當然히 우리가 쓰는 말의 大部分이 漢字라고 말입니다.

한자란 일본인을 포함하여 아시안이라면 누구에게나 '공통 필

수'라는 점을 인정해야 합니다.

지금까지도 교육 부처조차도 필수 한자가 모든 학업에 반드시 필요하다는 것을 쉬쉬하고 있지만 슬기엄마는 그들의 꽉 막힌 사고에 동조하고 싶은 생각이 조금도 없었습니다.

언어영역, 논술, 구술, 면접… 이건 대학에 들어가기 위해선 반드시 거쳐야 할 과정이고 단계입니다. 그런 말들은 분명히 한자입니다. 한자를 알아야만 분명한 의미를 해석할 수 있습니다.

막상 우리의 언어영역을 공부하자면 한자를 모르고서는 쇠귀에 경 읽기입니다. 그럼에도 이 나라의 어떤 멍청한 '교육 담당자'들은 지금까지도 그 사실을 모르고 있습니다.

그런 이유에서 슬기엄마는 아이들의 교육에 관한 한, 교육 담당자들을 믿을 수 없다는 겁니다. 아이들의 교육은 엄마의 판단에 의할 수밖에 없다는 것입니다.

잘하는 일은 남이 먼저 인정합니다

문흥술 교수가 '엄마들을 위한 어떤 강의'를 마쳤을 때 어떤 엄마에게 이런 질문을 받았습니다.

"우리 아이는 책을 읽지 않아요. 아이에게 책을 많이 읽히게 할 방법이 있다면 알려주세요."

문흥술 교수는 간단하게 대답했습니다.

"아이가 보는 앞에서 엄마가 먼저 책을 읽으십시오."

대답을 하면서 문흥술 교수는 괘씸하게도 남의 마누라인 슬기엄마를 떠올렸다고 합니다.

사실, 이유가 있습니다. 우리 집과 문흥술 교수의 집은 이웃에 있습니다. 두 집 어른은 물론이고 아이들까지 서로 쥐구멍을 드나드는 쥐처럼 왕래가 잦습니다. 여행을 떠날 때도 두 가족은 한데 어울려 떠나곤 합니다.

때문에 어른들은 물론이고 아이들까지도 한데 어울려 지냅니다.

서로의 집에 어떤 책이 있다는 것까지도 훤히 알고 있습니다. 가끔은 서로의 책을 교환해 보기도 합니다.

그런 왕래라면 하루에 몇 번씩 왕래를 한다고 해도 좋을 듯싶습니다. 여러분의 이웃에 서로의 책을 교환해 볼 수 있는 이웃이 있다면 말입니다.

여행에 대하여

최근에는 어느 집이나 일 년에 몇 번씩 가족들이 함께 어울려 여행을 떠납니다.

특히 휴가철에는 교통 대란이 일어날 정도로 산이나 바다는 물론이고 그 외에 유명한 장소를 찾아 떠납니다.

슬기네 집도 예외가 아닙니다. 솔직히 말하자면 슬기네 집은 다른 집보다 더 많은 횟수의 여행을 떠납니다. 앞에서도 말했지만 아빠가 워낙 낚시나 여행을 좋아하기 때문입니다.

방학이 다가오면 온 가족이 모여 앉아 어디로 떠날 것인가에 대해 제법 회의 비슷한 것을 합니다. 모두가 들뜨고 기쁜 마음으로 말입니다.

그런데 슬기네 집 여행 계획은 좀 이상합니다.

아빠는 여느 아빠처럼 지도책을 들고 오지만 슬기엄마는 아이들의 다음 학기 교과서 중에 하나를 들고 옵니다.

여기서 잠시, 우리가 학교 다닐 당시의 기억을 떠올려 봅시다.

우리는 그 시절에 인간의 척추처럼 태백산맥이 동쪽으로 자리하고 있고, 그 태백산맥에는 몇 개의 산맥이 서쪽으로 뻗어 있으며 설악산, 오대산, 태백산, 지리산 등 유명한 산들이 곳곳에 자리하고 있다는 것을 외웠습니다. 무조건 줄줄 외웠습니다.

외운다고 외웠지만 시험 볼 때는 설악산 아래에 오대산이 있는 것이지 오대산 밑에 설악산이 있는 것인지, 혹은 차령산맥이 충청도에 있는지 전라도에 있는지 헛갈리기 일쑤였습니다. 한 번도 가보지 않고 무조건 외우기만 했으니 그게 제대로 외워졌을 리 만무한 일이었습니다.

슬기엄마가 여행을 떠날 준비를 하면서 사회 교과서나 지리 교과서를 가지고 오는 이유가 바로 그런 이유 때문입니다.

이왕 떠날 여행입니다. 가보지 못한 곳을 찾아가는 것이 여행입니다. 여행에 앞서 슬기엄마의 생각은 이러했습니다.

어차피 미지의 곳을 찾아 떠날 여행이라면 아이들이 다음 학기에 배울, 그러니까 다음 학기 교과서에 나오는 지명을 따라 찾아가는 것이 더 효과적이라는 겁니다.

즉, 무조건 외우는 교육보다 '내가 갔던 곳을 학교에서 배우게 되면 무조건 암기 이전에 이미 습득이 된 상태가 된다는 것' 입니다.

여행을 하며 태백산에 대해 설명해 주기도 하고, 석탄 박물관에 들러 광부들의 채탄 광경이 어떠했는지 한 번 보여주는 것이 백 번 외우게 하는 것보다 훨씬 낫다는 겁니다.

어른들 중에도 아직까지 소금강이나 채석강을 모르는 사람이 있을 것입니다. 하물며 아이들은 오죽하겠습니까?

그걸 몇 번이나 반복해 설명하며 머리 아프게 달달 외우게 하는 것보다는 직접 자기 눈으로 확인하게 하면 힘들여 외우지 않아도 저절로 알게 될 것이라는 게 슬기엄마의 생각이었습니다.

여러분 중에서 혹시 가족 여행 계획이 서 있다면 슬기엄마의 의견을 참작해 보는 것이 좋을 것입니다.

무조건 유명한 산이나 계곡, 바다나 섬을 선택할 것이 아니라, 아이들의 다음 학기 교과서에 나오는 지명을 따라 여행하며, 그곳에 머물면서 아이들에게 이것저것을 설명해 주는 것이 아이들에게 바람직한 여행이 될 것이며, 정말로 교육적인 여행이 될 것입니다.

아이들은 어린이날만 노는 것이 아닙니다

매를 든 엄마의 모습은
엄마답지 않습니다.

슬기엄마는 슬기를
이렇게 키웠습니다

매를 든 엄마의 모습은
엄마답지 않습니다.
아이를 꾸짖는 엄마의 모습도
엄마답지 않습니다.
벌을 세우는 엄마의 모습도
엄마답지 않습니다.
큰 소리를 치는 엄마의 모습도
엄마답지 않습니다.
수시로 잔소리를 늘어놓는 엄마의 모습도
엄마답지 않습니다.

싫어하는 일은 억지로 시키지 **않습니다**

슬기가 초등학교 다닐 무렵의 일입니다.

슬기엄마도 다른 엄마들처럼 슬기를 몇몇 학원에 다니게 했습니다. 슬기엄마는 슬기를 학원에 보내며 나조차도 눈이 휘둥그렇게 떠질 만큼 이상한 조건을 내세웠습니다.

"그 학원에 다니고 싶지 않다면 언제라도 다니지 않겠다고 말해."

참으로 이상한 엄마였습니다.

슬기엄마는 슬기를 태권도 학원, 미술 학원, 피아노 학원, 수영교실 등등 어떤 학원이든 한 번씩은 반드시 등록시켜 주었습니다.

태권도 학원은 빨간 띠를 맬 때까지 다녔습니다. 그러니까 일급이 되도록 다닌 겁니다.

사실은 같이 어울려 노는 아이들이 그 시간에 태권도 학원에 다니니까 그냥 따라다닌 것입니다. 순전히 혼자 놀기 심심했으므로 그랬던 것입니다.

슬기가 태권도 학원에 다니는 그 기간에 슬기엄마는 '슬기에게는 태권도가 적성이 아니라는 것'을 알았습니다.

　미술 학원은 꽤 오랫동안 다녔습니다.
　슬기는 내가 봐도 그림은 제법 잘 그렸습니다. 어느 정도 흥미를
느끼는 듯도 했습니다. 당장 그만 다니겠다는 말을 안 했으니까요.
때문에 오랫동안 다닌 것입니다.
　만일 슬기가 미술 학원을 계속 다니고 싶다고 말했다면, 슬기엄
마는 지금까지도 계속 다니게 했을 것입니다.
　슬기에겐 미술이 취미라면 몰라도 적성이 아니라는 것을 그때
슬기엄마가 알았기에 그만 다니겠다고 말했을 때 그만 다니게 했
습니다.
　그때 나는 알았습니다.
　슬기엄마는 슬기가 좋다면 다니게 하고, 싫다면 언제라도 그만
두게 한다는 것을… 강제로 다니게 하는 것은 슬기엄마 식이 아니
라는 것을 나는 안 것입니다.

　피아노 학원은 더 오랫동안 다녔습니다. 이때도 슬기가 다니고
싶지 않다고 말했다면 그렇게 오랫동안 다니지 않았을 것입니다.
　앞에서도 말했지만 하고 싶은 일을 해보게 하는 것이 슬기엄마
의 방식입니다. 반대로 싫다면 강제로 시키지 않습니다. '자신에

대한 판단은 자신이 판단' 하도록 유도하는 것이지요.

아참, 한 가지 빼먹고 말했군요.

슬기엄마는 어떤 학원이든 슬기가 그만 다니겠다고 할 땐 반드시 그 이유를 말하게 합니다. '엄마와의 상의'는 반드시 필요하니까요. 그런 다음에 슬기엄마가 결정을 합니다. 계속 다닐 것인지 그만둘 것인지를 말입니다.

아이들이 다니던 학원을 그만 다니겠다고 하면 엄마들은 대체로 이렇게 말합니다.

"계속 다녀."

아이들은 더 이상 자신의 주장을 말하지 못합니다. 그렇게 말하는 엄마의 표정이 무섭기 때문입니다.

아이들은 거의 기계적으로 학원에 갑니다. 왜 가야 하는지, 그것이 자신의 적성인지 아닌지 그런 걸 생각할 겨를도 없이 그냥 다닙니다. 그만 다니겠다고 하면 엄마가 야단치기 때문에 다닙니다.

우리 나라의 아이들은 초등학교를 졸업할 때까지 몇 곳의 학원을 의무적으로 다녀야 합니다.

미술 학원, 피아노 학원, 학습 학원, 영어 교습소, 태권도장……

훗날, 그러니까 아이들이 고등학생쯤 되면 자신이 어렸을 때 무슨 학원에 다녔는지조차도 제대로 기억하지 못합니다. 그러니 왜

다녀야 했는지 그걸 깨닫는 아이들조차 없습니다.

내 생각은 이렇습니다.

반드시 학원에 다녀야 할 아이들이 있습니다. 어학에 남다른 조예가 있다면 반드시 어학원에 다녀야 합니다. 천성적으로 운동 신경이 뛰어난 아이들이라면 그 아이도 반드시 거기에 맞는 학원에 다녀야 합니다. 미술도 그렇고, 음악에 남다른 재능이 있는 아이라면 반드시 거기에 맞는 학원에 다녀야 합니다.

아이의 재능을 발견하고서도 재능을 키워주지 못한다면 그건 엄마의 직무 유기입니다. 아이들을 이 학원 저 학원을 번갈아가며 기웃거리게 하는 것은 그나마 아이가 지니고 있는 조그마한 재능마저도 소멸시키는 일입니다.

그러니까 미술에 재능이 있는 아이를 피아노 학원에 보낼 필요가 없으며, 음악에 뛰어난 소질이 있는 아이를 미술 학원에 억지로 보낼 필요가 없다 이겁니다.

슬기가 불쌍합니다.

슬기는 지금까지 명품, 즉 고가의 브랜드를 한 번도 입어본 적이 없고 신어본 적도 가져 본 적도 없습니다.

슬기가 입거나 신거나 지닌 것은 언제나 '동대문표' 아니면 '길 표'입니다.

그러니까 슬기엄마는 가끔 슬기를 데리고 동대문에 가기도 하고 인근에서 대규모 점포를 임대하여 대폭 할인하여 파는 '폭삭 망했 다 세일' 아니면 '눈물을 머금고 드립니다', '공장 부도 원가 판 매' 등등의 포스터가 붙었을 때 그곳으로 가 불과 몇천 원에 여러 가지 입을 것, 신을 것 등등을 사 온다 이겁니다.

슬기엄마의 말인즉, 애들은 금방금방 크므로 명품 운동화를 사 준다고 해도 구멍이 나기 전에 발이 커져서 못 신고 다닐 것이고 명품 옷도 금방금방 자라는 아이의 몸에 언제까지 붙어 있을 수 없 다는 겁니다.

가방이나 학용품도 마찬가지이고 기타의 소지품들도 마찬가지 입니다. 좋게 말하자면 '명필이 붓 가릴 거 뭐 있느냐'는 식이지만 사실은 명품 브랜드는 우리 형편에는 끔찍한 생각이 들 정도로 비싸다는 것입니다.

달리 말하겠습니다. 그로 인하여 슬기엄마는 명품으로 번쩍거려야 할 하나뿐인 딸의 품위를 적지 않게 손상시킨 주범이며, 그로 인해 적지 않은 차액을 슬쩍 가로챈 경제 사범이기도 합니다.

사실은 진짜 명품만을 간직하고 있는 학생이 슬기라고 말할 수 있습니다. 슬기가 간직하고 있는 명품은 대충 이런 것들입니다.

슬기엄마는 오래전부터 슬기에게 오페라나 뮤지컬 등을 관람시켜 주었습니다. 나비부인을 비롯하여 돈 지오반니, 아이다, 피가로의 결혼, 세빌리아의 이발사, 마탄의 사수, 카르멘, 마술 피리, 그리고 한국 작품인 뮤지컬 명성황후… 등등 한국에서 공연된 세계적인 작품이라면 거의 모두 관람시켜 주었습니다.

솔직히 말하겠습니다. 우리 나라의 학생들 중에서 한국에서 공연된 명작들을 모조리 감상한 학생 수가 도대체 얼마나 되겠습니까? 내 생각에는 명품을 사주는 엄마들은 많을지언정 명작을 모조리 관람시켜 주는 엄마는 그리 많지 않을 것이라고 생각합니다.

또 솔직하게 말하겠습니다. 그런 명작들의 관람 비용은 적은 돈이 아닙니다. 슬기네 집은 글쟁이 아빠의 원고료로 생활한다는 것을 감안한다면 턱없이 비싼 비용임이 확실합니다.

슬기엄마는 그 비용을 이미 준비하고 있었습니다. 지금까지 슬기에게 명품 브랜드 한 번 사주지 않고 동대문표나 길표를 사주며 갈취해 두었던 남는 차액은 이때 사용하려고 떼어놓았던 돈이었습니다.

한국에서 몇 번이나 앙코르 공연되었던 명성황후는 우리 가족 모두가 함께 보았습니다. 명성황후는 대단히 긴 시간에 걸쳐 공연되는 대작이지요.

관람을 하며 나는 슬기엄마의 판단이 옳았음을 솔직하게 인정했습니다. 물론 마음속으로 말입니다.

요즘은 어느 작품이든 우선 무대 장치 기술만 보아도 저절로 탄성이 튀어나올 정도입니다.

세트의 화려함과 정교함, 기술적인 여러 측면도 그렇거니와 그 큰 예술의 전당 무대 전체가 마치 바다에 떠 있는 커다란 화물선처럼 이리저리 움직이기도 합니다.

중앙 무대가 갈라지며 수십 명이나 되는 출연자들을 싣고 공연 중에 좌우로 슬라이딩되기도 하고, 좌우의 무대 또한 수십 명이나 되는 출연자들을 싣고 중앙으로 집중되기도 합니다.

그뿐만이 아닙니다. 뒤의 무대가 서서히 앞으로 다가오기도 하고 또, 앞의 무대가 뒤로 밀려가기도 합니다. 출연자들이 그대로

서 있는데도 말입니다.

어떤 때는 엘리베이터처럼 무대 전체가 업, 다운되기도 하여, 갑자기 출연자들이 위로 솟구치기도 하고 아래로 사라지기도 합니다. 관객들은 대규모 사실적 입체감에 감탄을 금치 못하게 됩니다.

음향 시설이나 조명 시설 또한 환상적입니다. 아무튼 그런 모든 점들로 인해 관객은 영혼까지 모조리 몰입되고 맙니다. 어른인 나조차 그러한 공연을 보고 지금까지도 당시의 감동을 잊지 못하고 생생하게 기억합니다.

이건 분명히 단언할 수 있는 말입니다. 아이들이 학창 시절에 그런 장면들을 보았다면 평생의 대단한 추억거리가 될 것이고, 그것이 바로 살아 있는 확실한 교육이 될 것입니다.

슬기엄마의 논리는 간단합니다.

아이들의 몸 전체를 명품 브랜드로 도배해 주는 것보다, 동대문표나 길표를 입거나 신기고 지닐지언정 머리 속에 이것저것, 반드시 알아야 할 상식과 지식으로 수북하게 차 있는 것이 더 실속있는 것이라는 겁니다.

나도 그 점에 동감합니다. 때문에 이렇게 말하겠습니다. 학생들에게 명품 한두 가지는 필요할지 몰라도 아예 도배를 해줄 필요는 없습니다.

아이들에게 명품을 사주고 싶으면 아이를 데리고 예술의 전당이나 국립극장을 찾으십시오. 진짜 명품은 바로 그곳에서 공연 중입니다.

아이들은 어린이날만 노는 것이 아닙니다

"공부해라."

이 말처럼 막연한 말은 없을 것입니다.

이런 경우는 그다지 많지 않겠지만 만일 누군가가 당신에게 '공부 좀 하시오'라고 말한다면 당신은 얼마나 황당하겠습니까?

아이들에게 무조건 공부를 하라는 말은 무책임하기 짝이 없는 말입니다. 아이들은 포괄적 의미의 말은 흘려듣습니다. 포크로 과일 조각을 찍듯 꼭꼭 찍어내어 지적해 주어야 합니다. 그러니까 무조건 공부하라는 말은 규칙적으로 듣는 엄마의 잔소리쯤으로 여긴다 이겁니다.

슬기엄마는 슬기들에게 공부하라는 말을 하지 않습니다. 교묘하게 유도합니다. 어느 한 과목에 대해 잠시 토론을 하자고 합니다.

"그것에 대해 엄마의 생각은 이런데……."

늘 그런 식입니다.

그런 말을 하려면 엄마들이 먼저 알아야 할 선결 과제가 있습니다. 자녀에게 어떤 미진한 부분이 있는가를 먼저 파악해야 하는 것이지요.

다시 말하지만 이 세상에서 엄마만큼 자녀에 대해 잘 알고 있는 사람은 없습니다. 엄마는 자녀에 관한 한 언제나 전문가 이상입니다.

엄마는 그냥, 자신이 알고 있는 부분에 대해 조심스럽게 자녀에게 접근하면 됩니다.

"네 생각은 그렇구나. 엄마 생각은 이런데 그 점에 대해서는 어떻게 생각하니?"

내 판단입니다만, 그렇게 접근하는 엄마는 만점짜리 엄마입니다.

"넌 도대체 무슨 생각으로 공부를 하는지 모르겠다. 그 점수로 뭘 어떡하겠다는 거냐?"

구체적인 제시도 없이 그런 말이 엄마의 입에서 나온다면, 엄마와 자녀는 잠시 후에 크게 다투게 될 것입니다. 그런 일이 반복되다 보면 자녀에게 큰 상처를 줄 것입니다. 자신의 자녀를 내리막길로 걷게 할 뿐입니다.

다시 생각해 봅시다.

엄마가 자녀의 재능과 능력, 취미에 대해 관심을 갖고 있다는 점과 자녀의 학업 성취도를 정확하게 파악하고 있다는 것은 엄마의 따뜻한 마음이 언제나 자녀에게 향하고 있음을 의미합니다. 그것으로 자녀는 감동을 받습니다.

그런 사실은 자신의 어린 날을 되돌아보면 쉽게 납득할 수 있을 것입니다.

누구든 당당하게 공부하여 최고의 성적을 거둠으로 엄마에게 보답하고자 했던 기억을 간직하고 있을 것입니다. 엄마는 아이들의 그런 마음을 유도해 내어야 합니다.

아이들에게 더 이상 공부하라고 닦달하지 마십시오. 아이들은 엄마가 말하지 않아도 학교나 주변에서 필요 이상으로 그런 말들을 많이 듣고 있습니다.

공부만 하는 아이는 아이가 아닙니다. 생각해 보십시오. 공부만 하는 아이가 있다면 그게 괴물이지 아이라고 말할 수 있겠습니까? 아이라면 신나게 놀아야 합니다. 누구보다도 잘 놀아야 합니다.

공부는 반드시 해야 할 때가 있습니다. 때가 되면 반드시 합니다. 나는 확신할 수 있습니다. 신나게 잘 노는 아이들이 공부도 신나게 잘합니다. 어떤 일에서나 신명을 낼 줄 아는 아이들이 진정한 아이들입니다.

기다리십시오. 아이들이 스스로 공부할 때까지 기다리십시오. 지금은 매일이 어린이날입니다. 어린이날에만 어린이다워 보인다면 나머지 364일은 도대체 뭡니까?

"안 돼!"

이 말은 슬기네 집에는 존재하지 않는 단어입니다.

슬기네 집에서는 무엇이든 가능합니다. 내일이 시험이라 할지라도 졸리면 그냥 펑펑 잡니다. 다음날 시험을 망쳤다면 그건 지난밤에 졸음을 참지 못한 자신이 책임질 일입니다.

한번 시험을 망쳤다고 해서 누구도 그것에 대해 비난하지 않는 것 또한 슬기네 집 특징입니다. 그것으로 알찬 교훈을 얻게 되었을 테니까요.

때로는 열 마디의 잔소리보다 한 번의 절실한 체험이 더 효과적입니다. 그것은 시험을 망친 사람이 성적표를 받아 들었을 때 깨달음으로 나타납니다.

냉장고는 칭찬 게시판**입니다**

어느 집이나 냉장고가 있습니다.

어느 집 아이들이나 냉장고를 가장 많이 이용합니다. 열기만 하면 우유나 음료수, 빵 종류와 과자들이 가득가득 들어 있으니까요. 자연히 아이들에게 냉장고는 최대의 관심거리입니다.

어느 집이나 냉장고 앞면과 옆면에는 다음과 같은 스티커들이나 병따개가 붙어 있습니다.

OO중국집, OOO피자집, OOOO치킨집……

슬기네 집 냉장고에는 OO중국집 스티커를 이용해 슬기가 받아온 상장을 붙여놓습니다. OOO피자집 병따개를 이용해 붙여놓는 경우도 있습니다.동생 성이가 받아온 상장도 OOOO치킨집 병따개나 스티커로 붙여놓습니다.

슬기엄마는 다만 그렇게만 합니다. 그것으로 칭찬의 극대화가 됩니다.

아이들은 고생도 해봐야 **합니다**

여러분은 혹시 아이들을 혹독하게 고생시켜 본 적 있습니까?

슬기엄마는 슬기가 초등학교 5학년 여름 방학 때 혹독한 고생을 시킨 적이 있습니다. 그것도 무려 15박 16일 동안 말입니다.

내용은 이렇습니다. 여름 방학을 이용하여 순전히 두 발로 걸어 국토 종단 아니면 국토 횡단을 하는 단체들이 있습니다. 슬기엄마는 냉큼 거기에 슬기를 등록시킨 것입니다.

세부적으로 말하자면 첫날은 속초까지 버스를 타고 간 후 일박을 합니다. 다음날부터 일정한 거리를 걸은 후 일박을 하고, 또 다음날도 일정한 거리를 걸은 후 다시 일박을 하는 그런 여정입니다.

그러니까 속초부터 서울까지 오와 열을 맞춰 비가 오든 햇빛이 쨍쨍 내리쬐든 14일간이나 산 넘고 강 건너 죽어라 걸어서 도착해야 하는 긴 여정입니다.

하늘이 쨍쨍하게 열리던 여름 방학의 어느 날, 슬기가 떠났습니다. 그날, 나는 좌불안석이었습니다.

우리 울보가 그런 여정을 무사히 마칠 수 있을지… 그것보다도 그런 고생을 사서 해야 하는 딸 생각을 하니 잠도 안 올 지경이었습니다.

아이들은 일박을 하면서 집으로 편지를 써 보냈습니다. 슬기의 첫 편지에는 발이 부르트고 엄지발톱이 빠질 것 같다는 내용이 쓰여 있었습니다. 그래도 대견한 것은 다음날도 어느어느 지점까지 낙오하지 않고 걷겠다는 것이었습니다.

나는 슬기가 그 지경이라면 당장 차를 몰고 가 데려오겠다고 했습니다만 슬기엄마는 제 속으로 낳지 않은 엄마처럼 냉정하게 말했습니다. '그건 교육이 아니라는' 것이었지요.

아! 교육!

그렇게 말하면 나도 어쩔 도리가 없는 일입니다. 그래도 슬쩍 차를 몰고 가 도대체 어떻게, 어떤 몰골을 하고 걸어오는지 구경이라도 하자고 했지만 슬기엄마는 그것도 교육적이지 못하다고 말하는 겁니다.

슬기의 편지는 이삼 일에 한 번씩 이삼 일치가 모여 한꺼번에 배달되었습니다.

거기에는 일기 형식으로 쓴 하루의 일과가 고스란히 담겨 있었습니다. 오늘은 어디를 출발하여 어느 지점에서 머물며 편지를 쓰는 것이며, 무엇을 먹고 잠은 어디서 어떻게 자게 된다는 내용이었습니다. 아울러 자신의 느낌도 어느 정도 담겨 있었습니다. 주로 그런 고생을 하며 느끼게 된 자신의 각오 정도였습니다.

나는 지도를 펴놓고 다만, 슬기의 행적을 눈으로 좇을 뿐이었습니다.

결국 슬기는 16일 만에 서울까지 걸어왔습니다. 다른 아이들과 한데 어울려서 말입니다. 이때의 슬기는 집에서 보던 허여멀겋던 얼굴이 아니었습니다. 아프리카에서 유학 온 어느 초등학생 같았습니다.

그때 슬기에게 들어보니 초등학생들은 '땅콩반'이라 하여 어느 정도의 배려를 했다고 합니다. 즉, 정 발이 아파 못 걷는 아이들은 차를 타고 이동시켜 주기도 했다는 겁니다.

슬기는 처음부터 끝까지 걸었다고 합니다. 그 이유는 안 봐도 비디오입니다. 슬기엄마가 떠나기 전에 이미 그렇게 해야 한다고 주의를 주었음이 분명합니다.

이날 우리는 함께 다녀온 아이들의 가족들과 어울려 '고기' 위주의 식사를 했습니다. 일단 영양 보충을 시켜주자는 생각이었지요.

다음날이 되었습니다. 슬기엄마는 갑자기 우리 가족 모두 속초로 가자고 했습니다. 그 이유는 슬기가 걸어온 길을 우리 차로 꼼꼼하게 되짚어보자는 것이었습니다.

우리 식구는 속초로 횡~ 날아가 그날을 보내고 다음날 슬기가 걸어온 길을 차로 되짚어왔습니다.

이때부터 슬기는 신이 났습니다. 15일 동안 걸었던 길을 되짚는 내내 여기서는 무슨 일이 있었고, 저기서는 어떤 일이 있었고, 여기선 무얼 먹었고, 저기선 텐트를 치고 잤으며 또 저기선 학교 교실을 빌어 잤고, 누구는 저기서 배가 아파 차에 태워졌고, 또 누구는 여기서 현기증을 일으켜 차에 태워졌고… 여기선 무엇을 먹었고, 저기선 배가 아팠고… 종알종알… 하루 종일 떠드는 것이었습니다.

결국 우리는 슬기가 15일을 걸어왔던 길을 두루두루 돌아 하루 만에 달려 서울로 되돌아왔습니다.

슬기엄마가 슬기를 태우고 다시 속초로 가, 되짚어오자고 한 것은 분명한 이유가 있습니다. 슬기가 돌아오자마자 다시는 그런 경험을 하고 싶지 않다고 말했기 때문입니다.

슬기가 우리 차를 타고 되짚어올 때는 그런 말이 쏙 들어가 있었습니다. 너무 고생스러울 땐 몰랐지만 다시 되짚었을 땐 '보람'을 깨달은 것 같았습니다. 해냈다는 스스로의 감동이 얼굴에 물결치고 있었습니다.

자신감에 찬 표정을 지은 것도 15일 동안 걸어왔던 그 당시가 아니었습니다. 우리 차를 타고 하루 종일 되짚어왔을 그때였습니다.

슬기네 집엔 체벌이 없습니다

슬기엄마는 지금까지 슬기는 물론이고 남동생 '성'이에게도 매를 든 적이 없습니다. 때린 적도 없습니다. 벌을 세운 적도 없습니다. 큰 소리를 친 적도 없습니다. 잔소리를 늘어 놓은 적도 없습니다.

매를 든 엄마의 모습은 엄마답지 않습니다.
아이를 꾸짖는 엄마의 모습도 엄마답지 않습니다.
벌을 세우는 엄마의 모습도 엄마답지 않습니다.
큰 소리를 치는 엄마의 모습도 엄마답지 않습니다.
수시로 잔소리를 늘어놓는 엄마의 모습도 엄마답지 않습니다.

엄마가 아이들에게 매를 들었다면 근본적인 책임은 엄마에게 있습니다. 아이들에게 반드시 매를 들어야 할 만큼 제대로 교육을 시키지 못했던 것입니다. 이 일은 변명의 여지가 없습니다.

아이를 꾸짖는 일도 마찬가집니다. 꾸짖어야 할 만큼 교육이 바르지 못했음을 먼저 반성해야 합니다.

벌을 세우는 엄마도 그렇고, 수시로 큰 소리를 치는 엄마도 오십 보백보입니다. 그건 아이들의 자존심을 조금도 생각하지 않았기에 그런 것입니다.

특히 엄마들이 아이들에게 삼가야 할 것이 잔소리입니다. 어떤 엄마는 잔소리와 섞어 푸념을 하는 것도 모자라 신세 한탄까지 합니다. 이 일만큼은 반드시 삼가는 것이 좋습니다. 아이들의 정서 발달에 대단한 문제가 생기기에 그렇습니다. 성격에도 결함이 생깁니다.

그런 엄마를 둔 아이들은 단체 생활을 시켜보면 금방 표시가 납니다. 일원 중에 누가 조금만 잘못해도 당장 원망을 쏟아 붓고, 엄마가 늘 그랬던 것처럼 잔소리를 길게 늘어놓습니다. 그러니 다른 아이들에게 호감을 받을 리 없는 일이지요. 결국엔 그런 아이들이 왕따를 당하는 것은 불문가지의 일입니다.

엄마를 보고 배우고, 엄마의 행동거지를 흉내 내는 것이 아이들입니다. 결국 내 아이들의 단체성 결여는 엄마가 만드는 것입니다.

슬기엄마와 아이들은 무슨 이야깃거리가 그렇게도 많은지 일단 수다를 떨기 시작하면 긴긴 하루 해가 모자랄 지경입니다.

히히덕거리기도 하고 깔깔거리기도 하여, 마치 여자 고등학교 교실을 들여다보는 것 같습니다. 내가 궁금해하는 것은 도대체 무슨 이야깃거리가 저토록 많은가… 하는 것이었습니다.

드디어 그 이유를 알아냈습니다.

만일 아이들과의 대화가 단절되어 있는 엄마라면 이렇게 해보십시오. 슬기엄마가 잘 써먹는 두 가지 방법을 제시하겠습니다.

첫 번째는 나의 자녀와 가장 친하게 지내는 친구들의 이름을 알아두는 것입니다.

자녀에게 가장 친한 친구인 누구와 누구가 요즘 어떻게 지내는지 슬쩍 물어보십시오. 아이들은 술술 대답할 것이며 그때부터 엄마와 대화 물꼬가 트일 것입니다. 엄마가 자녀들의 친구 이름을 알고 있다는 자체가 중요한 것이 아닙니다. 엄마가 자신은 물론이고 친구의 일까지 관심을 갖고 있다는 점이 중요합니다.

두 번째는 아이들의 학교 시간표를 매일 확인하는 것입니다. 이 일이야말로 아이들과 정말로 많은 대화를 나눌 수 있습니다.

국어 선생님은 어떤 분이며 어떤 시를 좋아하며 수업 시간에는 늘 어떤 점을 강조하는 분이시고… 수학 선생님은 또 어떠어떠하신 분이시고, 영어 선생님은 또 어떠어떠하시고… 음악 선생님, 미술 선생님, 과학 선생님, 기술 선생님… 그분들은 어떠하신 분인지 엄마가 알아두는 것이 중요한 일입니다.

그것만이 전부가 아닙니다. 그분들이 이런 저런 숙제를 내주시는 것을 보면 그분의 취향은 어떠어떠하겠구나… 따라서 다음 시험을 본다면 이런 저런 면에 중점을 두어 공부하는 것이 좋겠구나… 등등, 이건 엄마가 반드시 해야 할 일이라고 생각합니다.

이쯤 되면 아무리 입이 무거운 엄마와 자녀들이라 할지라도 분명, 길고 긴 하루 해가 짧다고 여겨질 것입니다.

강조하는 의미에서 다시 말하겠습니다.

늘 아이들과 대화하는 엄마는 아이를 체벌할 시간이 없습니다. 매를 들 시간도 없습니다. 때릴 시간도 없습니다. 벌을 세울 시간도 없습니다. 큰 소리를 칠 시간도 없습니다. 잔소리를 늘어놓을 시간도 없습니다.

이때의 엄마는 아이들의 가장 친한 친구가 되는 것입니다.

식탁 위의 돈

슬기네 집 식탁 위에는 항상 이만 원이 놓여 있습니다.

이만 원은 슬기네 집 식구들이라면 누구나, 아무 때나 사용할 수 있는 돈입니다. 자장면이 먹고 싶으면 배달시킨 후 그 돈으로 내면 되고, 돈가스가 먹고 싶으면 그 돈을 가지고 나가 사 먹든지 배달시킨 후 그 돈으로 내면 됩니다.

갑자기 학용품을 사야 할 경우에도 그 돈으로 사면 됩니다. 새로운 책이나 만화책이 보고 싶으면 그 돈으로 사거나 빌려보면 됩니다.

그 돈은 처음부터 그런 용도로 사용할 수 있도록 준비된 돈입니다. 그런 용도에 의해 사용되면 어느새 이만 원은 다시 채워져 있습니다. 슬기엄마가 다시 채워놓는 것이지요.

그렇지만 누구든, 그 돈을 사용하려면 한 가지 조건을 지켜야 합니다. 돈의 사용처가 분명해야 한다는 점입니다.

슬기나 성이는 매주 엄마에게서 각각 용돈을 받습니다. 그 나이의 아이들이라면 누구나 부모에게서 받게 되는 지극히 보편적인 의미의 용돈입니다.

하지만, 하지만 말입니다. 아이들이라면 갑자기 자장면이 먹고 싶을 때가 있고, 문득 치킨 프라이드가 먹고 싶을 때가 있고, 돈가스가 먹고 싶을 때도 있습니다. 또 어떤 때는 학교나 그 외의 용도로 급하게 써야 될, 아무튼 그런 일이 갑자기 발생하기도 합니다.

그래서 식탁 위에 항상 이만 원이 놓여 있는 것입니다.

식탁 위의 돈은 며칠이 지나도 그대로 있을 때가 있고, 어떤 때는 일주일, 열흘이 지나도 그대로 있을 때가 있습니다.

이만 원 중에 일부라도 사용하려면 반드시 적합한 이유가 제시되어야 하기에 그토록 오래도록 그대로 있는 것입니다.

다시 말하자면 이만 원은 사용자의 양심을 측량하는 저울입니다.

누구나 마음대로 사용할 순 있지만 사용처가 불분명하다면 아무도 쓸 수 없는 돈이 바로 슬기네 집 식탁 위에 놓여져 있는 이만 원입니다.

슬기엄마는 가끔 아이들을 데리고 가출을 **합니다**

아이들이 좀 크면 엄마나 아빠와 함께 외출하는 것을 싫어합니다. 또래의 친구들과 어울려 놀기를 더 좋아합니다.

슬기엄마는 아이들을 한꺼번에 몰고 나가는 특별한 기술을 지니고 있습니다. 아이들을 몽땅 데리고 가출을 하는 특별한 재주가 있다는 것입니다.

가출 코스는 대개 일정합니다. 옷 가게나 신발 가게부터 들릅니다. 가끔은 동대문까지 갑니다. 아이들은 당장 입고 신고 지녀야 하기에 쫄래쫄래 따라나서는 것입니다.

다음으로 가는 곳은 우리 동네의 서적 할인 백화점입니다. 거기서 새 책을 사는 경우도 있지만 으레 들르는 곳이 헌 책 코너입니다. 슬기엄마는 헌 책 코너에 보석이 있다고 믿는 사람입니다. 반드시 들러 한참이나 이 책 저 책을 고릅니다.

좀 오래된 책은 한 권에 천 원이나 천오백 원 정도면 살 수 있고, 최근의 책이지만 어쨌든 헌 책으로 분류되는 책은 이천 원에 한 권을 삽니다.

아이들도 우르르 달려가 헌 책을 고릅니다. 아이들이 몇 권씩 고른다 해도 만 원 안팎이면 충분합니다.

그 다음에 또 우르르 몰려가는 곳은 먹을거리를 파는 곳입니다. 슬기엄마와 아이들은 자장면이든, 떡볶이든, 햄버거든, 닭 날개 튀김이든, 뭐든 가리지 않고 그런 것들을 사 먹습니다. 이때는 아빠 생각 따위는 안중에도 없는 것 같습니다.

내가 말하려는 요점은 이런 것입니다.

첫 번째로, 엄마가 아이들과 함께 외출하여 옷이나 운동화를 사고 책 몇 권을 사고, 또 간단한 먹을거리를 먹는 것은 어느 집에서나 하는 일입니다만, 문제는 얼마나 규칙적으로 아이들과 함께 어울리기를 반복하느냐 하는 점입니다.

두 번째로, 이 점이 내가 말하려는 중요한 요점입니다만 옷이나 운동화를 사고, 또 먹을 것을 사 먹는 일은 다반사의 일이지만 서점에 들러야 하는 일을 보통의 엄마들은 하지 않습니다.

슬기엄마는 반드시 그 일을 첨가합니다. 그걸 아이들의 의식 속에 생활화시킨다는 사실입니다. 그러니까 슬기엄마는 책 사는 일이 옷을 사거나 운동화를 사는 일, 먹거리를 먹는 일이나 똑같은 범주에 속하는 일이라는 걸 아이들에게 분명하게 인식시킨다, 이 말입니다.

상식, 오! 예스!

슬기엄마가 아이들에게 사주는 책의 종류는 참으로 다양합니다.

어학에 관한 것, 논리에 관한 것, 지리, 철학, 역사, 수리, 음악, 미술, 고전 등 일반 상식에 속하는 것은 물론이고 온갖 잡학이라고 말할 수 있는 모든 것들을 사줍니다.

슬기에게는 주로 책 형식으로 된 것을 사주지만 동생에게는 학습 만화 형식으로 구성된 것들을 사줍니다.

그렇지만 결국은 둘이 돌아가며 서로의 것을 읽습니다. 그러다 엄마와 아빠인 나도 그것을 모두 읽습니다. 왜냐하면 특히 만화 형식으로 된 학습 만화는 지금의 내가 봐도 재미가 있으니까요.

슬기네 집은 가족끼리 빙 둘러앉아 TV 퀴즈 프로그램을 자주 봅니다.

자신이 아는 문제가 나오면 서로 먼저 잘난 척하며 정답을 외치기도 하고, 퀴즈 참가자가 맞히지 못하면 저런 간단한 상식을 왜 못 맞히냐며 은근히 자신의 실력을 자랑하기도 합니다. 이때는 어른이나 아이란 개념없이 모두 한 덩어리가 됩니다. 이때는 집 안이 부화장에서 갓 부화된 병아리 떼처럼 요란합니다.

나는 그럴 때마다 이런 생각을 하곤 합니다.

내 가족들이 상식에 대해 이러쿵저러쿵 떠들어대는 점이 자랑스러운 것이 아니라, 내 가족이 이렇게 모여 왁자지껄 떠들어댈 수 있는 이 분위기가 좋은 것이라고 말입니다.

어쩌면 슬기엄마는 가족의 이런 '모아짐'을 위해 아이들에게 수시로 상식적인 책들을 사주었는지도 모릅니다.

지식은 누구나 공유합니다. 그러나 상식은 누구나 공유할 수 없습니다. 그것은 누군가가 몰입시켜 줄 때만 얻을 수 있습니다. 왜냐하면 상식은 학교에서 가르쳐 주지 않는 것이기 때문입니다. 상식은 책과 경험에서만 얻을 수 있습니다.

이 책은 반드시 **읽으십시오**

슬기네 집에는 같은 책이 여러 권 있습니다.

명상록과 탈무드, 삼국지와 수호지, 사서오경에 나오는 책들과 세계 명작, 한국 명작들, 그리고 몇몇 작가의 책들과 채근담, 이솝 우화와 같은 책은 출판년도만 다를 뿐 같은 지은이의 이름으로 각자의 방에 있습니다.

그렇게 된 이유는 이렇습니다.

나는 아무리 낡았다 하더라도 책을 버리지 않는 사람입니다. 그래서 1960년도에 발간된 책들도 꽤 지니고 있습니다. 그런 책은 내가 학창 시절에 사서 보고 간직했던 책들입니다. 사실은 그보다도 더 오래된 책도 꽤 여러 권 가지고 있습니다.

이건 얼마 전의 일이지만 슬기엄마는 어느 날, 명상록과 탈무드를 각각 한 권씩 사 왔습니다.

나는 그 책들이 집에 있는 책들이기도 하고 내 사무실에도 있는 책들이라고 말해 주었습니다. 그러자 슬기엄마는 그 책들은 모두 세로쓰기로 되어 있어 요즘 아이들이 읽기가 힘들다는 겁니다.

처음에는 얼른 이해가 되지 않았습니다. 물론 책은 그 시대에 주로 사용하는 언어로 쓰여집니다. 아울러 예전의 책은 지금과는 확연하게 다른 문장과 문체로 쓰여졌음을 인정합니다. 그래서 개정판을 사주는 것이라면 이해가 쉬울 테지만 세로쓰기나 가로쓰기 같은 문제로 인해 같은 책을 또 사준다는 점이 얼른 이해할 수 없었던 것입니다.

내가 계속해서 이해할 수 없다는 표정을 짓고 있자 슬기엄마가 다시 보충 설명을 해주었습니다.

우리 세대에는 세로쓰기 책도 많아서 세로쓰기 책이든 가로쓰기 책이든 읽기에 별 상관이 없지만 요즘 아이들은 세로쓰기 책은 대한 적이 없어 생소하기도 하거니와 아예 고문서 취급을 한다라는 것입니다.

곰곰 생각해 보니 그 말이 옳은 것 같았습니다. 나의 입장에서 본 기준과 아이들의 입장에서 보는 기준은 분명 다를 것입니다. 나는 드디어 그 점을 인정했습니다.

그래서 슬기네 집에는 같은 책이 꽤 여러 권이나 됩니다.

어떤 책은 '같은 책이 세 권'이나 있습니다.

이어령님의 책입니다. 제목은 '흙 속에 저 바람 속에'이고 부제는 '이것이 한국이다'입니다.

한 집에 같은 책이 세 권이나 있는 이유는 각각 출판년도가 다르기 때문입니다. 우선 내가 지니고 있는 책은 1983년 10월 8일에 중판(重版)된 책입니다. 물론 세로쓰기로 된 책입니다. 우리 집에서는 나 아니면 볼 수 없는 책이지요.

슬기엄마가 지닌 책은 훨씬 이후에 나온 책으로 가로쓰기로 되어 있습니다. 그리고 슬기가 지니고 있는 책은 그보다도 훨씬 나중에 나온 최근에 산 책입니다.

내가 이 말을 하는 이유는 이 책만큼은 누구나 반드시 읽어야 할 책이기에 이 참에 소개하고 싶어서입니다.

책 내용을 간단히 요약하여 설명하기는 힘들지만 나름대로 간추려 몇 마디로 설명하자면 우리보다 몇 세대 위의 분들이 어떻게 살아왔는지, 즉 그분들의 사고방식과 생활양식, 행동 양식을 극명하게 일깨워 주는 책이라고 말할 수 있습니다.

당연히 첫 장부터 구수한 된장찌개 냄새와 거름 냄새, 그리고 갓 쓴 양반의 에헴! 하는 헛기침 소리가 나는 책입니다.

늙은 농부가 황소로 밭을 갈며 '이려! 이려!' 하는 소리가 들려오는 것 같기도 하고 하루 종일 길쌈을 하는 여인들의 한숨 소리가 귓가로 생생하게 들려오는 듯도 한 책입니다.

서(序)에 해당하는 부분을 잠시 인용해 보겠습니다.

그것은 지도에도 없는 시골길이었다. 국도에서 조금만 들어가면 한국의 어느 시골에서나 볼 수 있는 그런 길이었다. 황토와 자갈과 그리고 이따금 하얀 질경이 꽃들이 피어 있었다.

붉은 산모롱이를 끼고 굽어 돌아가는 그 길목은 인적도 없이 그렇게 슬픈 곡선을 그리며 뻗어 있었다.

…….

많은 해를 망각의 여백 속에서 그냥 묻어 두었던 풍경들이다.

이지러진 초가의 지붕, 돌담과 깨어진 비석, 미루나무가 서 있는 냇가, 서낭당, 버려진 무덤들, 그리고 잔디, 아카시아, 말풀, 보리밭…… 정적하고 단조한 거기에는 백로의 날개 짓과도 같고, 웅덩이의 잔물결과도 같고, 시든 나뭇잎이 떨어지는 것과도 같고, 그늘진 골짜기와도 같은 그런 고요함이 있었다. 그러나 그것은 폐허의 고요에 가까운 것이다. 향수만으로는 깊이 이해할 수도, 또 설명될 수도 없는 정적함이다.

아름답다기보다는 어떤 고통이, 나태한 슬픔이, 쇠퇴된 정세가 그늑한 상처처럼, 공동처럼 열려져 있다. 그 상처와 공동을 들여다보지 않고서는 거기 그렇게 펼쳐져 있는 여린 색채의 풍경을 진정으로 이해할 수 없을 것이다.

위확장에 걸린 시골 아이들의 불룩한 그 배를 보지 않고서는, 그리고 그들이 부르는 노래와 무심히 지껄이는 말솜씨를 듣지 않고서는 그것을 알지 못할 것이다.

(중략)

나는 한국인을 보았다. 천 년을 그렇게 살아온 나의 할아버지와 할머니의 뒷모습을 만난 것이다.

(중략)

우리의 피부 빛과 똑같은 그 흙 속에서 저 바람 속에 우리의 비밀, 우리의 마음이 있다.

이 정도 소개했으면 이어령님의 '흙 속에 저 바람 속에'에 어떤 내용이 담겨 있는지 충분히 짐작하고도 남음이 있을 것입니다.

나는 이렇게 말하고 싶습니다. 먼저 엄마가 이 책을 읽으십시오. 그리고 자녀들에게 반드시 읽게 하십시오.

이 땅에 태어나, 이 땅에서 불어오는 바람을 맞으며, 이 땅의 구수한 흙 내음을 맡으며 자란 우리들입니다. '나' 또는 '우리'에 대하여 알기 전에, 나의 할아버지와 그 윗대의 할아버지, 할머니가 어떤 사고를 지녔고 어떤 생활을 영위하셨는지를 먼저 알아보는 일은 매우 중요한 일이라고 생각됩니다. 왜냐하면 그분들은 틀림없는 우리의 뿌리니까요.

어떤 사람은 '지금은 지식의 바다인 인터넷 시대인데 일일이 책을 사 보관할 필요는 없다'고 말합니다.

이 말은 실제로 내가 아는 어떤 사람이 나에게 한 말입니다. 나는 그 말을 듣고 별다른 반응을 나타내지 않았습니다만 마음속으로는 '너는 잘 때도 컴퓨터 모니터를 안고 자느냐'라고 외쳤습니다.

그 사람은 전철을 타거나 고속버스를 타고 장거리 여행을 할 때에 책이라곤 읽어보지 않은 사람임이 분명합니다. 그 사람은 또 자녀에게 책 사주는 일에 무관심한 사람임이 분명할 것입니다.

인터넷. 그거 좋은 것임이 확실합니다. 제대로만 사용한다면 이 시대에 컴퓨터보다 더 좋은 것은 정녕 드물 것입니다.

그러나 여러분, 컴퓨터를 사용하는 사람 중에 대부분의 시간을 책 읽는 일로 보내는 사람이 과연 몇이나 되겠습니까? 인터넷에 아무리 좋은 것이 들어 있다고 해도 그것이 자신의 자양분이 되지 못한다면 그림의 떡이나 다름없습니다.

컴퓨터는 순기능이 있고 역기능이 있습니다. 만일 컴퓨터의 순기능만 골라 사용하는 사람이 있다면 그 사람은 당연히 21세기의 최대 수혜자일 것이고 21세기가 바로 그 사람을 위하여 존재하는 것일 것입니다.

하지만, 하지만 말입니다. 단언하겠는데 컴퓨터가 주는 특혜를 제대로 누리고 사는 사람은 극히 일부분, 아주 소수에 속하는 사람들입니다. 컴퓨터는 순기능보다 역기능 쪽에 더 마력이 있는 것이기에 그렇습니다.

그 사람도 집에 가면 자녀들에게 이렇게 말할 것입니다. '컴퓨터 게임 그만 하고 공부 좀 해라!' 그렇게 말입니다. 자신은 컴퓨터를 끼고 살면서도 자녀에겐 컴퓨터는 마물이라고 말할 것입니다.

또 한 번 단언하겠습니다.

책은 사는 사람이 읽습니다. 도서관에서 빌려보는 사람이 읽습니다. 인터넷에 책이 들어 있다는 것을 모르는 사람은 없지만, 거기서 제때에 책을 꺼내 읽는 사람은 정말 드뭅니다. 그것이 인터넷의 맹점입니다.

슬기네 집 사람들은 변비가 심한 사람들인지도 **모릅니다**

아침이 되면 어떤 집이든 부산합니다.

자고 있는 사람은 깨워야 되고, 부스스 눈을 비비며 일어난 사람은 화장실부터 들러야 됩니다. 한편에서는 아침 식사를 준비한다거나 급한 사람은 벌써 아침 식사를 하기도 하고 몸단장을 하기도 하는 등등, 어느 집이나 부산하기 마련입니다.

슬기네 집도 마찬가지입니다. 아침만 되면 슬기엄마는 '부랴부랴', '빨리빨리' 움직입니다.

그런데 슬기엄마가 아무리 '부랴부랴', '빨리빨리'를 외치고 다녀도 슬기네 집 사람들 누구에게든 일단 화장실 안에 들어서면 '부랴부랴'나 '빨리빨리'가 통하지 않습니다. 그러니까 화장실은 '부랴부랴'나 '빨리빨리'가 통하지 않는 치외 법권 지역입니다.

슬기네 집 사람들은 한결같이 변비 증세가 심각한지도 모릅니다.

슬기네 집 화장실 변기 위에는 명상록과 탈무드가 놓여 있습니다.

얼마 전까지 슬기네 집 사람들은 끙가를 하기 위해 화장실로 들어갈 땐 눈에 뜨이는 대로 아무 책이나 한 권씩 들고 들어갔습니다.

아빠인 나는 주로 신문을 들고 들어갔지요. 성이는 주로 만화책을 들고 들어갔고, 슬기엄마나 슬기는 보던 책을 집어 들고 들어가 홀로 진을 쳤습니다.

어느 날부터인가, 슬기네 집 화장실 변기 위에는 명상록과 탈무드가 놓여 있었습니다. 그때부터 아무도 다른 책을 들고 화장실로 들어가지 않았습니다. 그때부터 그냥 들어가기만 하면 되었습니다.

그러니까 슬기네 집 사람들은 끙가를 하면서 명상을 하고, 끙가를 하면서 세상을 배운다 이겁니다.

성공을 향해 한 번쯤은 이런 도전을 해봅시다.
어려운 도전은
일단 쉬운
꽃게를 사다 푹 찌는 일은 매우 쉬운 일입니다.
그건 익기만 하면 언제라도 맛있습니다.
통 오리 찜도 그렇고 닭백숙도 그렇습니다.
그리고 시간이 저절로 최고의 요리를 만들어줍니다.
술이 필요하겠습니까?

수험생, 그거 별거 아닙니다

아빠들도 할 일이 있습니다.
실패가 될지도 모르지만
성공을 향해 한 번쯤은
이런 도전을 해봅시다.
어려운 도전은 영악하게 피해가고
일단
꽃게를 사다 푹 찌는 일은 매우 쉬운 일입니다.
그건 익기만 하면 언제라도 맛있습니다.
통 오리 찜도 그렇고 닭백숙도 그렇습니다.
물과 불, 그리고 시간이 저절로 최고의 요리를 만들어줍니다.
찌거나 삶아대는 일에 무슨 기술이 필요하겠습니까?
아빠들도 할 일이 있습니다.
실패가 될지도 모르지만
성공을 향해 한 번쯤은
이런 도전을 해봅시다.
어려운 도전은 영악하게 피해가고
일단 쉬운 일부터 도전해 보는 겁니다.
꽃게를 사다 푹 찌는 일은 매우 쉬운 일입니다.
그건 익기만 하면 언제라도 맛있습니다.
통 오리 찜도 그렇고 닭백숙도 그렇습니다.
물과 불, 그리고 시간이 저절로 최고의 요리를 만들어줍니다.
찌거나 삶아대는 일에 무슨 기술이 필요하겠습니까?
아빠들도 할 일이 있습니다.
실패가 될지도 모르지만
성공을 향해 한 번쯤은
이런 도전을 해봅시다.
어려운 도전은 영악하게 피해가고
일단 쉬운 일부터 도전해 보는 겁니다.

슬기엄마는 슬기를
이렇게 키웠습니다

아빠들도 할 일이 있습니다.

실패가 될지도 모르지만

성공을 향해 한 번쯤은

이런 도전을 해봅시다.

어려운 도전은 영악하게 피해가고

일단 쉬운 일부터 도전해 보는 겁니다.

꽃게를 사다 푹 찌는 일은 매우 쉬운 일입니다.

그건 익기만 하면 언제라도 맛있습니다.

통 오리 찜도 그렇고 닭백숙도 그렇습니다.

물과 불, 그리고 시간이 저절로 최고의 요리를 만들어줍니다.

찌거나 삶아대는 일에 무슨 기술이 필요하겠습니까?

아빠도 할 일이 **있습니다**

슬기네 집에는 원시인들만 모여 사는 것 같습니다.

때가 되면 식탁에 와글와글 둘러앉아 무엇이 차려져 있든, 그것이 어떤 종류이든 아무튼 용감하게 잘도 먹습니다.

선택도 수시로 바뀝니다. 꽃게 찜, 회 종류, 생선 찌개와 튀김류, 통 오리 찜, 닭백숙, 왕새우 소금구이, 킹 크랩 찜, 과일류, 빵 종류, 말로만 한다고 해놓고 아직 시행해 보지 못한 랍스터 찜, 그 외의 이것저것들.

마음껏, 양껏 먹는 일에는 절대로 게으르지 않은 사람들이 슬기네 집 사람들입니다.

슬기네 집안에서 아빠의 역할은 정말로 미미합니다. 몇몇 이웃은 언제나 농담 반 진담 반으로 이런 충고를 합니다.

"아빠는 다만 숨죽이고 계시면 됩니다."

늦게 들어오더라도 계단을 오르는 불규칙한 발자국 소리를 좀 더 줄이라는 뜻이기도 하고 그놈의 '아침 이슬'과 '두마안강 푸른 물에…' 좀 그만 찾으라는 뜻입니다.

달리 말하자면 아이들에 대한 아빠의 빈 시간을 슬기엄마가 착실하게 채우고 있다는 뜻이기도 합니다.

아빠들도 할 일이 있습니다.

실패가 될지도 모르지만 성공을 향해 한 번쯤은 도전해 봅시다. 어려운 도전은 영악하게 피해가고 일단 쉬운 일부터 도전해 보는 겁니다.

꽃게를 사다 푹 찌는 일은 매우 쉬운 일입니다. 그건 익기만 하면 언제라도 맛있습니다. 통 오리 찜도 그렇고 닭백숙도 그렇습니다. 물과 불, 그리고 시간이 저절로 최고의 요리를 만들어줍니다. 찌거나 삶아대는 일에 무슨 기술이 필요하겠습니까?

킹 크랩도 그렇습니다. 이건 경험에서 얻은 진리입니다만, 이십오 분쯤 푹 찐 후 꺼내놓으면 그것만으로 환상적인 요리가 됩니다.

대하(큰 새우)를 사, 프라이팬에 소금을 잔뜩 얹어놓고 굽는 일 또한 원시 형태의 요리이긴 하지만 맛으로 말하자면 서로 다투어 먹게 될 만큼 특별한 맛이 납니다.

돈도 별로 안 듭니다. 가끔 킹 크랩과 꽃게를 한 보따리씩 사는 일이 만만치 않기는 하지만 비싼 요리 집에 비할 바가 아닙니다.

아빠들이 술집에서 진탕 마시고 먹은 후 '내가 낼게' 하고 카드를 불쑥불쑥 내미는 경우를 생각해 보십시오. 그 정도는 새 발의

피입니다.

더구나 통 오리나 닭백숙을 만드는 일은 불과 만 원이면 해결이 되는 일이고, 회를 떠온다거나 대하를 사 오는 일도 몇만 원이면 충분합니다.

그런 일이라 하여 자주 하지는 못하겠지만 그것만으로도 훌륭한 아빠 노릇을 하는 것입니다. 왜냐하면 다른 아빠들은 그런 생각조차 하지 않으니까요.

너희는 나의 자식들이라는 **증거**

아빠가 해준 음식을 '단순히 한 끼를 때우는 것'이라고 생각해선 곤란합니다. '아빠가 직접 사 와, 만들거나 찌거나 요리했다는 점에 의미'를 두어야 합니다.

더 중요한 점은 아빠의 손으로 꽃게의 살을 바르고 닭 다리를 이리 뜯고 저리 뜯으며 쭈물딱거렸다는 점입니다.

"이건 슬기 것… 이건 성이 것……."

두 개의 접시를 나란히 놓고 독수리가 먹이를 잡아 새끼에게 나누어 주듯, 아빠가 남매에게 번갈아 나누어 준다는 것은 '한 끼를 해결하기 위한 생명 연장의 한 수단'이랄 순 절대로 없다, 이겁니다.

분명히 말하겠습니다. 그 일은 '너희는 나의 자식들'이라는 의미입니다.

엄마는 몰라도 아빠는 수험생 딸을 볼 시간이 그리 많지 않습니다.

딸을 아빠 앞으로 불러낼 수 있는 방법이란 꽃게 찜 냄새를 살살 풍긴다거나 통 오리 찜이나 닭백숙 냄새를 살살 풍기는 일입니다. 킹 크랩을 쪄놓으면 그 효과가 더 확실합니다.

흔히 수험생은 먹는 시간조차도 엄마가 일일이 관리한다며 난리를 피우는데 슬기네 집만큼은 그런 걱정은 남의 집 이야기, 먼 나라의 전설에 불과합니다.

잘 먹어야 잘 자게 되고 또 힘내어 공부도 잘할 수 있다는 것이 이 집안의 공통적인 생각입니다.

그래서 또 단언합니다.

수험생은 어째서 먹는 시간까지 통제되어야 합니까? 있는 대로 퍼 먹이십시오. 물론 아빠가 이것저것 먹을거리를 쭈물딱거려서 말입니다.

내 딸이, 내 아들이 아빠 손에 붙어 있는 살점들을 앙앙거리며 받아 먹는 모습보다 더 예쁜 모습이 이 세상 어디에 또 있겠습니까? 그 모습은 분명 엄마가 아기에게 젖을 물리는 일만큼 숭고한 일이 될 것입니다.

공부는 충분히 자면서 해야 **합니다**

어떤 수험생은 하루 열여섯 시간을 공부하고 여섯 시간을 잔다고 합니다. 나머지 두 시간은 학교와 학원을 가는 시간과 식사 시간과 기타의 시간으로 쓰여진다고 합니다.

또 어떤 수험생은 하루 열여덟 시간을 공부하고 네 시간쯤 잔다고 합니다. 이는 한국의 고3이라는 특별한 신분임을 자각한 스스로와 타의에 의한 결정이라고 합니다.

누구나 일 년 동안 하루 열여섯 시간 이상씩 공부만 했다면 서울대학교는 물론이고 하버드나 예일에 가야 합니다. 옥스퍼드나 캠브릿지에서도 양손을 들고 손짓할 것입니다. 그렇게 공부만 하였다면 누구라도 후천적인 천재가 되었을 것입니다.

하루 열여섯 시간 이상, 일 년간 공부만 한다는 것은 일반 노동자에 비해 꼭 두 배나 더 정신 노동을 하는 것입니다. 가히 살인적인 고역의 시간들입니다.

실제로 한국의 고3들은 그 시간 내내 공부를 하는 듯합니다. 이 시기 동안 달콤한 잠이라는 것은 꿈처럼 아득한 얘기처럼 들립니다.

그런데 정말로 수험생들은 하루 열여섯 시간 동안 공부만 할까요?

슬기엄마는 적당한 수면을 취한 후에 공부를 해야 더 집중할 수 있다고 믿는 사람입니다. 그것이 효율성의 극대화라는 겁니다.

이 점을 곰곰이 생각해 보는 것이 좋을 듯합니다. 우리에게도 수험생 시절이 있었다는 점까지도 말입니다.

우리도 입시를 준비한 적이 있는 사람들입니다. 어쨌거나 우리도 한때는 미친 듯이 공부를 한 적이 있습니다. 모든 엄마들은 코피를 쏟아가며 공부만 했던 그때를 되돌아보아야 한다는 겁니다.

감히 묻겠습니다. 여러분은 그 당시, 하루 열여섯 시간 내내 정신이 집중된 상태로 공부만 한 적이 있었습니까?

엇비슷한 시간 동안 공부를 한다고 하긴 했을 것입니다만 열여섯 시간에 반쯤 되는 시간은 거의 멍한 상태였을 것입니다.

아울러 쓸데없는 고민과 그 나이에 따른 이런 저런 걱정의 함정 속에 오랫동안 갇혀 있었을 것입니다. 공연한 낙서도 많이 했을 것이고 공상도 많이 했을 것입니다. 이른바 고3병을 하릴없이 앓기만 했을 것입니다.

그런데도 엄마들은 자신의 자녀들은 그렇게 하기를 바라고 있습니다. 실제로도 그렇게 혹사시키고 있습니다. 우리가 그랬던 것처럼, 자녀들이 낙서와 고민, 걱정의 함정 속에 깊이 빠져 있음에도 자녀들이 그렇게 해주기만 바라고 있습니다.

'**수험생의** 공부'에 대해 슬기엄마의 생각을 다시 강조하겠습니다.

수험생을 둔 엄마들은 종일 공부만 하는 자녀들을 당연한 듯 여깁니다. 그것이 거의 맹목적임에도 불구하고 고3이라면 누구나 그래야 한다고 믿습니다.

그런데 자녀들의 거의 대다수가 '하루 종일의 공부가 무색'하게도 원하는 대학에 들어가지 못합니다. 후천성 천재가 되어야 마땅한 살인적인 공부 시간이었음에도 결과는 언제나 만족할 만한 수준이 아니라는 겁니다.

이 사실에 대해 수험생의 부모들은 심각하게 생각해 보아야 합니다.

수험생이 하루 열여섯 시간 이상 집중적으로 공부만 한다는 것은, 효율성에 대단한 문제가 있다는 점이 슬기엄마의 생각이라는 걸 조금 전에도 밝힌 바 있습니다. 이 문제의 대해, 엄마들의 고정관념이 너무너무 답답하기에 두 번 연이어 강조하는 것입니다.

정말로 인간이라면 매일, 열여섯 시간 동안 한 가지 일에만 집중을 지속할 수 없습니다.

그런 일은 어쩌다 며칠은 가능하겠지만 한 달이고 두 달이고 계속할 순 없다는 겁니다. 혹시 수험생들이, 여러분의 자녀들이 로봇이라면 가능하겠지요.

엄마들은 자녀들의 고3 시절이 인생 전체에 있어 가장 예민한 시기라는 점을 먼저 깨달아야 합니다.

자신의 신분이 수험생이지만 정작 본인들은 그 점을 망각하길 좋아합니다. 어떤 때는 엉뚱한 상상을 펼치기도 하고, 더 나아가 현실 도피라는 극단적인 생각을 하기도 하는 시기라는 점을 엄마들이 먼저 명심해야 합니다.

한마디로 개구리가 어디로 튈지 모르는 것처럼 그들의 생각과 상상, 공상, 마음가짐이 어떠한 것인지 쉽게 짐작할 수 없다, 이겁니다.

그러니까 문제는 수험생이 현명해져야 되는 것이 아니라 수험생의 엄마들이 먼저 현명해져야 한다는 겁니다.

엄마들이 현명해지는 방법은 정말로 간단합니다. 인간의 집중력을 지속할 수 있는 시간은 주야로 나누어 불과 서너 시간뿐이라는 점을 먼저 깨닫기만 하면 되는 겁니다.

그런 의미에서 다시 강조하겠습니다. 잠을 안 자면 안 잘수록 사람이 멍해진다는 점도 엄마들이 먼저 알아야 합니다. 잠을 충분하게 자지 못하면 공부를 하고 싶어도 할 수 없게 된다는 점도 분명하게 깨달아야 합니다.

그러므로 수험생에게 효과적인 공부를 하게 하려면 충분한 휴식을 취하게 하십시오. 열여섯 시간 내내 책상에 앉아 있게 하는 것보다 훨씬 효과적으로 공부를 하게 될 것입니다. 그게 슬기엄마의 방법입니다.

자율과 **책임**

슬기엄마의 생각이 예외였기에 슬기의 생각과 방법도 예외였습니다.

슬기엄마의 방법은 언제나 자율이었습니다. 과외를 하거나 학원에 다니는 것조차도 자율이었습니다.

슬기엄마는 '강압적인 모든 것은 자녀에게 싫증과 반항심을 줄뿐'이라고 생각하는 사람입니다. 반대로 자율은 자신을 되돌아볼수 있는 심사숙고한 결정을 내리게 한다고 생각하는 사람입니다. 그러나 자율적인 행동을 하는 사람은 반드시 자신의 행동에 책임질 줄도 알아야 한다는 점만은 반드시 강조합니다.

슬기엄마는 슬기에게 '공부를 하면서 부족하다고 생각되는 과목이 있다면 그 부분을 학원에 가 보충을 하든지 따로 과외를 받아 보충을 하든지 해라'라고 했습니다.

그렇지만 슬기가 학원에 가 보충하든, 별도로 과외를 받든, 두가지를 병행하든, 아예 아무것도 선택하지 않든 그것은 오로지 자신의 판단과 자신의 선택입니다. 왜냐하면 자신에 대해 가장 잘 아는 사람이 바로 자기 자신이기 때문입니다.

슬기가 학원에 다닌 것은 고등학교 시절을 통틀어 불과 몇 달 정도에 불과했습니다. 그것도 단과를 택해 선별적으로 수강했습니다. 더 다니겠다고 했다면 더 많은 시간 동안 학원에 다녔을 것입니다. 애당초 안 다닌다고 했다면 그나마도 다니지 않았을 것입니다.

아마도 수험생 중에서 학원을 다닌 기간이 가장 적은 수험생이 슬기였을 것입니다.

수험생에게 모든 선택의 기회를 부여한다는 것, 즉 자율은 스스로를 책임지게 만드는 최초이자 마지막 기회가 됩니다. 그러나 누구나 그와 같은 일은 대단히 위험한 일이라 생각할 것입니다.

조금 전에도 말했다시피 슬기엄마가 예외적인 사람이었기에, 슬기의 생각도 방법도 예외였습니다.

슬기네 집에서는 모든 일이 자율입니다.

누구든 자고 싶으면 언제라도 잡니다. 슬기엄마는 수험생 딸일지라도 자는 일에 대한 부담을 전혀 주지 않았습니다. 그래서 슬기는 고3 수험생들 중 가장 잠을 많이 잔 학생일 것입니다. 집 안에서 혼자 네 활개를 치고 해가 중천에 뜨도록 잠을 잔 적이 한두 번이 아니었습니다. 그것도 슬기의 자율에 해당하는 일입니다.

슬기엄마는 슬기가 쉬는 것, 즉 공부를 하다 머리가 아프면 컴퓨터 게임을 하며 머리를 식혀도 전혀 부담을 주지 않았습니다. 수험생이 컴퓨터에 얼굴을 들이대고 게임을 한다면 대부분의 엄마들은 미친 짓을 하는 것이라고 말할지도 모릅니다.

슬기엄마의 생각은 달랐습니다. 게임에 시간을 허비한 만큼 더 집중적으로 공부를 할 것이라고 믿었습니다.

물론 자율에 따른 책임에 대해서는 바로 앞에서 말한 것처럼 분명하게 인식시킨 후의 일입니다. 때문에 슬기는 이 땅의 고3치곤 가장 많은 시간을 할애해 컴퓨터 게임을 한 학생일 것입니다.

수험생 신분으로 슬기만큼 노래방 출입을 많이 한 학생도 드물 것입니다.

슬기는 친구들과 어울려 가기도 했고 동생을 데리고 가기도 했습니다. 때로는 가족과도 함께 갑니다. 친척들이 놀러 와도 함께 가고 사촌들이 놀러 와도 함께 갑니다. 그럴 땐 도무지 수험생 같지 않습니다.

슬기엄마는 '때마침 머리를 식힐 기회가 찾아온 것'이라는 겁니다.

그 외에도 먹고 싶으면 먹는 일, 외출, 휴식, 친구들과 어울리는 일, 여행 등등의 모든 일이 자율에 속합니다. 아무튼 슬기에게는 수험생이라는 이유로 인한 '규제'라는 족쇄'가 채워지지 않았습니다.

이 말은 분명하게 해야겠습니다.

고3 수험생에게 '모든 일이 자율이라는 말' 은 자신을 채찍질하게 만드는 또 다른 '분명한 계기' 가 됩니다. 그만큼 이 땅의 고3들은 현명합니다. 자신이 서 있는 위치를 압니다. 아울러 자신이 어떻게 대처해 나가야 할지를 압니다. 부모와 친척들의 시선이 자신에게 쏠려 있다는 점까지도 압니다.

때문에 슬기엄마는 무조건적인 공부보다 처음부터 자신 스스로를 컨트롤할 수 있는 기회를 먼저 준 것입니다.

자율과 책임에 대해서도 분명하게 말하겠습니다.

자율은 방종의 의미가 아닙니다. 자율은 항상 모든 일에 대하여 자신의 책임이 더 많음을 의미합니다. 그러나 책임이 무엇인지 깨우쳐 주지 못한 것은 방관입니다.

아이들에게는, 특히 수험생일 경우 '책임, 권리, 의무는 자신의 삶의, 장차의 인생의, 가정의 원칙' 이라는 점을 반드시 깨닫게 해주어야 합니다.

아주 쉽게 말하겠습니다. 수험생의 일차적인 근본, 즉 '자율적 공부가 수험생의 책임' 입니다.

부모가 자녀에게 믿음을 보이면 자녀는 반드시 보답을 합니다.

그것이 어떤 형태로든 반드시 나타납니다. 어떤 경우에는 다만 그 기간이 좀 길어질 뿐입니다.

다시 말하겠습니다. 자녀는 반드시 부모를 감동시킵니다.

우리가 학창 시절에 우리의 부모를 감동시킬 마음을 먹었던 것처럼, 또 언젠가는 우리가 부모를 감동시켰던 것처럼 이 땅의 자녀들도 그런 마음을 지니고 있습니다.

한국의 고3들은 이미 정신적으로 많이 성장해 있습니다만 고3의 엄마들은 그 점을 깨닫지 못합니다.

수험생 딸에게 화장품을 사주는 엄마

어느 날 갑자기 슬기는 숙녀가 되었습니다.

화장을 하고 숙녀에게나 어울리는 그런 구두를 신고 투피스를 입고 내 앞에 나타난 것이었습니다. 그때가 입시를 앞둔 그해 추석 무렵이었습니다.

솔직히 나는 깜짝 놀랐습니다. 슬기가 화장까지 하고 나타나리라곤 상상도 못했던 일이었으니까요.

그런 모습은 여고생의 모습이 아니며, 수험생의 모습이 아니라는 것이 나의 고정관념이었습니다. 그런데도 슬기는 그런 모습으로 내 앞에 떡하니 서 있는 것이었습니다.

한편으론 '내 딸이 벌써 저만큼 컸구나' 하는 생각도 들었습니다만 수험생 딸이 그런 모습을 하고 불쑥 나타나면 아빠들은 누구를 막론하고 부정적인 생각을 먼저 하게 됩니다.

여러분, 여러분은 혹시 화장을 한 여고생을 본 적이 있습니까? 아니면 요즘 여고생은 외출할 때 누구나 화장을 하고 숙녀티를 내고 다닙니까? 솔직히 이 부분에 대해서는 나도 잘 모르겠습니다.

이건 내가 곰곰이 생각해 본 후에 판단한 것입니다만 슬기엄마의 생각은 이랬던 것 같습니다.

누구나 그 나이쯤이 되면 '미리 어른'이 되고 싶어합니다.

남자인 나도 그런 적이 있었습니다. 아직 머리가 길게 자라지 않은 고등학교 시절에 몰래 형의 양복을 꺼내 입고 넥타이를 맨 적이 있습니다. 구두가 있을 리 만무했기에 역시 형의 구두를 슬쩍 꺼내 신었습니다. 그리곤 휑하니 밖으로 나갔습니다.

딱히 갈 곳이 있을 리 만무한 일이었습니다. 친구 두엇과 함께 어울려 공연히 이 거리 저 거리를 쏘다니며 제법 어른 흉내 비슷하게 내다가 한밤중에 살금살금 집으로 들어가 원래의 자리에 구두를 벗어놓았고 양복도 원래의 자리에 걸어두었습니다. 넥타이도 그렇게 했습니다.

그런 일을 몇 번이나 반복했습니다. 그럴 때마다 나는 벌써 어른이 된 것 같은 기분이 들어 공연히 황홀해하기도 했습니다. 남자라면 아마도 누구에게나 그런 경험이 있을 것입니다.

그제야 나는, 그 점은 여학생들도 마찬가지일 거라는 생각을 하게 되었습니다. 슬기가 화장을 한 모습을 본 이후에 말입니다.

슬기엄마도 슬기 나이일 때는 그런 생각을 했을 것이고 또 실제로도 그렇게 했을 것입니다. 물론 식구들 몰래 말입니다.

이 글을 읽는 엄마들 중에도 그런 생각을 한 사람이 많았을 것이고 실제로도 그런 행동을 한 사람이 꽤 많았을 것입니다. 왜냐하면 그 무렵에는 '나이가 많아 보이는 것이 더 좋은 시절'이었으니까 그랬을 겁니다.

이해를 하기 시작하면 이해의 폭도 넓어지는 것인가 봅니다.

교장 선생님이 본다면 입을 딱 벌리고 할 말씀을 찾지 못하실 테지만, 나는 아이들의 그런 심리를 이해하지 못할 것도 없다는 생각이 들었습니다. 왜냐하면 슬기의 구두와 투피스, 그리고 화장품을 슬기엄마가 직접 사준 것이니까요.

물론 슬기엄마가 슬기에게 사주었다고 해서 그것으로 이해가 되고도 남음이 있다는 말이 아닙니다. 잘한 일이라고 말할 순 없지만 차라리 몰래 그러고 다니는 것보다는 훨씬 나은 일이 분명하다고 이해한 것입니다.

잠시 우리 과거의 일을 기억해 봅시다. 부모 몰래, 형 몰래 양복을 슬쩍 꺼내 입고 다녔던 일이나, 언니 몰래, 엄마 몰래 양장을 하고 화장을 하고 다녔던 바로 그 일 말입니다. 그때는 솔직히 얼마나 마음의 부담을 가졌었습니까?

슬기엄마는 종종 나의 고정관념을 무참하게 깨뜨려 놓곤 하는데 그날도 그랬습니다.

추석 때는 어느 집이나 가야 할 곳이 많습니다. 그런데 그때 슬기가 화장을 하고 투피스를 입고, 숙녀용 구두를 신고 엄마와 함께 떡하니 내 앞에 나타난 것입니다.

그런데 참 별일도 다 많지요. 엄마가 딸을 그렇게 꾸며주었으니 아빠인 내가 뭐라고 말해야 될지, 그것이 입 밖으로 나오지 않았습니다.

한참이나 혼자 생각을 거듭하던 끝에 나만의 결론에 도달하게 되었습니다. 슬기엄마는 누구나 그랬던 것처럼 슬기도 그런 차림을 하고 싶어한다는 것을 알고 있었으며, 차라리 엄마가 그렇게 꾸며주는 것이 더 나은 일이라고 생각했구나… 그렇게 말입니다.

이 참에 분명하게 말씀드리겠습니다.

지금의 엄마들이 비록 언니의, 엄마의 화장품을 몰래 사용한 적이 있었지만 그렇다고 무슨 말썽을 부리거나 사고를 치지는 않았을 것입니다. 단지 어른 흉내를 내고 싶었던 겁니다.

또 그랬다고 해서 할 공부를 안 했다거나 해야 할 일을 모조리 망각하진 않았을 것입니다. 단지 호기심이었을 것입니다.

차라리 자녀에게 양복 한 벌이나 양장 한 벌, 혹은 화장품 세트를 사주십시오. 그리고 한마디 해주면 됩니다. '너는 스스로를 책임질 수 있을 것'이라고 말입니다.

그것이 몰래 화장을 하고 다니거나 몰래 언니나 엄마의 옷을 슬쩍 입고 다니는 것보다 마음의 부담을 덜 느끼게 될 것이며, 당연히 훨씬 더 '자기 자신에 대한 행동의 책임'을 지게 될 것입니다.

슬기엄마가 아직 수험생인 슬기를 그렇게 꾸며준 일을 이해하는 이유는 '몰래 그런 마음을 갖고 행동하는 것보다 차라리 떳떳한 마음을 갖고 그렇게 하는 것이 더 낫다'라는 슬기엄마의 생각을 읽었기 때문입니다.

욕 좀 **하겠습니다**

이번에는 욕 좀 하겠습니다.

아래 예시한 글과 같은 생각을 지닌 엄마들이 있다면 이 책을 환불하든지 창밖으로 던져 버리십시오. 만일 환불이 안 된다거나 창밖으로 던져 버리는 일이 아깝다고 생각된다면 갈기갈기 찢은 후 젖은 구두 안에 넣고 습기 빨아내는 일 따위에 사용하기 바랍니다.

공부… 그것이 고3의 전부가 아니다. 그러니까 고3의 목표는 대학이 아니다.

사람들 중에는 자신이 정한 목표를 이룬 사람은 아주 극소수에 불과하다. 추구하고자 하는 목적을 이룬 사람이라 할지라도 그 사람은 자신의 목표를 다 이루었다, 라고 말하지 못한다. 왜냐하면 삶이란 정해놓은 목적 말고도 또 다른 무엇인가가 존재하는 것이고, 자신의 뜻을 관철시켰다고 해도 또 그 무엇인가가 자신을 기다리고 있기 때문이다. 즉, 인생은 언제나 가변적이라는 사실이다.

위의 글이 제법 그럴듯하게 들릴지도 모르겠지만, 대단히 위험한 함정을 파놓은 글입니다. 결론부터 말하자면 '도전도 해보지 않고 미리 포기해 버리는 비관자들의 절규' 입니다.

위의 예시한 글은 어느 고등학교에서 '가르치는 일이 본분인 사람' 이 수업 시간에 공공연하게 학생들에게 해준 말입니다. 슬기가 고등학교에 입학하자마자 들은 말로, 내가 전해 듣고 위와 같이 요약한 것입니다.

더 첨가하여 말하자면 '공부가, 대학이 인생의 전부가 아니다' 등등의 말도 포함되어 있습니다.

세상이 변한 것인지 막 가자는 것인지 그건 잘 모르겠습니다만, 도대체 가르치는 일이 본분인 사람의 입에서 어떻게 그런 말이 쉽게 튀어나올 수 있는 것인지 도무지 이해가 되지 않습니다.

학생에게 학업이 어느 정도의 비중인지, 어느 정도의 가치인지를 제대로 설명하지 못한다면, 가르치는 일이 본분인 사람은 오로지 다달이 주는 월급을 타내기 위하여 교단에 서 있는 것이란 말입니까?

나는 슬기에게서 가르침이 본분인 사람의 위와 같은 주장을 듣고 한참 동안이나 '그렇지 않음' 에 대해 설득해야 했습니다. 아울러 '학생의 본분은 어쨌든 학업이다' 라는 점에 대해서도 한참을 설명해 주어야 했습니다.

이 일만큼은 슬기엄마가 슬기를 납득시킬 일이 아니라고 판단하여 내가 나섰던 것입니다. 다행스럽게도 슬기가 내 말을 수긍하고 납득했기에 망정이지, 정말로 큰일날 뻔했습니다.

'가르침이 본분이라는 걸 망각' 하고 있는 '가르침이 본분인 그 사람' 에게 환멸이 가득 담긴 커다란 보따리를 열 개쯤 보냅니다.

갑자기 나의 이야기를 하는 것 같아 쑥스럽습니다만, 나도 대학에서 강의를 하는 사람입니다.

내 생각은 이렇습니다. 학생들에게는 '제법 듣기에만 그럴듯한 탁상공론이나 알맹이없이 겉만 번지르르한 궤변 따위'를 말해 주어서는 안 된다고 생각합니다.

가르치는 일을 하는 사람이라면 제자들의 장래성을 파악하여 그들의 가능성을 이야기해 주고, 숨겨진 재능을 찾아내어 그것이 너의 적성이라는 점을 중점적으로 알려주는 것이 본분에 해당하는 일이라고 생각합니다.

욕하는 김에 한마디 더 하겠습니다. 도대체가 아직 사리분별력이 떨어지는 고등학생들에게 '인생은 가변적'이라고 말해 주는 것이 어디 가당키나 한 말입니까? 바꾸어 말하자면 사람의 앞일이란 도무지 예측할 수 없는 것이니 그저 그렇게 살아가야 하는 것이라는 말과 똑같은 말 아닙니까?

나는 지금도 내가 가르친 그리 적지 않은 제자들과 '글 짓고 그림을 그리는' 일을 함께하고 있습니다. 이미 사회에 발을 들여놓은 제자들이지만 늘 '가능성은 누구에게나 존재하는 것이며 적성은 개발하는 자만의 몫이다'라고 끊임없는 잔소리를 해줍니다.

쉽게 말해 '너에게는 이러저러한 장점이 있고 이런 저런 특기가 있으니 이렇게 저렇게 하는 것이 좋겠다는' 등등, 개인마다 다를 수밖에 없는 구체적인 지적을 해주는 것이지요.

그것이 가르치는 사람의 올바른 '이끌음'이라는 소신에는 추호도 변함이 없습니다.

학생이라면 분명한 목표를 설정을 하고 목표를 향해 전력으로 내달려야 합니다. 그것이 학업을 하는 사람의 올곧은 태도이며 아울러 반드시 추구해야 할 목적입니다.

반면에 가르침이 본분인 사람은 제자의 장점과 특기, 적성을 정확하게 꿰뚫어 본 후 진로를, 장래를, 미래를 설계해 주고 뚜렷한 한 방향으로 나아갈 수 있도록 사명감을 갖고 인도해 주어야 합니다.

학생에게 있어 가르치는 사람이 절대적일 수도 있습니다. 그런 본분을 가진 사람들의 한마디 한마디가 인생 전체에 대단한 영향을 줄 수도 있습니다.

일부이긴 하지만 요즘엔 가르치는 일이 본분인 사람들이 그런 점을 까맣게 잊고 학생들에게 궤변 따위를 함부로 늘어놓기도 하여 씁쓸함을 넘어 불쾌하기조차 합니다. 정확하게 말하자면 '분노'를 느낍니다.

한마디 더 하겠습니다. 가르치는 일이 본분인 사람들 중 더러는 '공부나 성실' 보다도 '기회나 입신양명'이 우선이라고 주장하는 사람도 있습니다. '사회에서는 줄을 잘 서야 하며 배경을 무시할 수 없는 것'이라는 등등, 학생들에게 해선 안 될 말을 서슴없이 내뱉기도 합니다.

세상이 이미 그렇다고 칩시다. 그렇다고 그걸 학생들에게 지금부터 가르친다고 하여 좋을 것이 과연 무엇이 있겠습니까?

그런 말들을 당연한 듯 학생들에게 전달하는 가르침이 본분인 사람은 기초적인 덕목이 없는 사람입니다. 학생들을 절대로 바른 길로 인도할 수 없는 사람입니다. 학생의 미래를 맡길 수 없는 위험하기 짝이 없는 사람입니다.

정 그런 말을 하고 싶어 안달이 났다면 사표를 쓰십시오. 학생들이 아닌 친구들과 어울려 소주잔을 기울이며 마음껏 세상을 조롱하십시오.

왜냐하면 당신으로 인하여 절대 대다수의 교육자가 덤터기로 욕을 먹기 때문이며, 이미 당신은 '교육'의 길과는 방향이 달라도 한참 다른 길을 걷고 있는 사람이기 때문입니다.

사람마다 기준이 다르고 평가가 다릅니다.

어떤 사람들은 '자신의 특기만 잘 살린다면 대학에 가지 않아도 상관이 없다'라고 말합니다. 그 말이 전혀 틀린 말은 아닙니다. 대학 생활은 한 인생에 있어 겨우 몇 년에 걸친 짧은 여정에 불과합니다. 그러니 그 말이 전혀 틀린 말이라고 할 순 없다는 겁니다.

하지만 그건 그 사람의 주장이며 소신으로 누구나 공감할 수 있는 공통의 소신은 될 수 없습니다.

학벌이니 학연이니 하는, 그런 진부한 이야기는 하지 않겠습니다.

지금 하고자 하는 말은 '대학 생활이 그 사람에게 주는 평생의 영향'에 대해서입니다. 나는 누구나 한 번쯤은 '자신이 추구하고자 하는 정의에 대해 진지하게 생각해 볼 필요'가 있다고 생각하는 사람입니다.

대학이라는 테두리는 그런 점을 완성시키는 공간으로서 더없이 좋은 곳입니다. '진지한 사색'의 공간으로서 대학보다 더 좋은 곳은 없습니다. 왜냐하면 같은 성향을 지닌 사람들로 한 과(科)를 이루기에 그렇습니다.

서로의 생각을 대조해 볼 수 있습니다.
서로의 의견을 교환해 볼 수 있습니다.
서로의 진로를 상의해 볼 수 있습니다.
서로의 포부를 마음껏 펼칠 수 있습니다.

대학 교육은 자율과 책임입니다.
그런데 말입니다. 이왕 대학 생활을 하려면 눈 높이를 조금 높이 잡아 대학 시절을 보내는 것이 좋습니다.
특정한 대학을 높게 보거나 낮게 말하려는 것이 아니지만 이왕이면 다홍치마에 꽃신입니다. 좀 더 높은 점수를 받은 학생들이 모인 대학에는, 좀 더 열심을 내어 공부했던 학생들이 모입니다. 좀 더 성실한 학생들이 모였다고 말해도 무방할 것입니다.
그 점을 부정할 사람은 결코 없습니다.

슬기엄마는 슬기를 이렇게 키웠습니다

아이들이 어렸을 때 부모는 이렇게 묻곤 합니다.
"너는 커서 어떤 사람이 될래?"

그러면 대부분의 아이들은 선생님이 될 거라고 말하거나 의사나 간호사 또는 사장 아니면 연예인이 될 것이라고 막연하게 대답합니다.

아이들이 그렇게 말하는 것은 이유가 있습니다. 아이들의 눈으로 보는 직업의 세계가 그것뿐이기 때문입니다.

아이들은 '장차 내가 무엇이 될지'에 대해 수시로, 혹은 연령에 따라 바뀝니다. 그러니까 아이들은 자신의 나이에 따라 '자신의 눈에 좋아 보이는 것이 자신의 미래였으면 좋겠다는 공상을 하는 것입니다.

어떤 엄마는 자신의 자녀에게 '너는 반드시 ○○○이 되어야 한다'라며 처음부터 그 길을 걷게 만듭니다. 그것이 적성이 아님에도 엄마는 강철 같은 의지로 그 길을 걷게 합니다. 그 점에 대해 나는 왈가왈부하지 않겠습니다. 다만 슬기엄마의 생각과 나의 생각을 말하겠습니다.

슬기엄마는 슬기에게 '너는 어떤 사람이 되어야 한다' 라거나 '장래의 너는 이런 사람이 되어야 한다' 라고 말한 적이 없습니다. '이것이 원칙이다' 라는 말도 한 적이 없습니다.

무엇을 선택하든 그것은 어디까지나 자신의 판단이며 자신의 몫입니다. 바꾸어 말하자면 우리 집 아이들이 어떤 직업을 택하든, 장래의 계획이 어떻든 그것은 온전히 자신이 판단할 문제라는 겁니다.

그렇다고 방관은 절대로 아닙니다. 다른 어떤 부모들만큼이나 우리 아이들에 대해 유심히 관찰합니다. 다만 그 점을 드러내지 않을 뿐입니다. 왜냐하면 부모의 지나친 간섭은 아이들의 판단을 흐리게 만들기 때문입니다.

정확하게 말하겠습니다.

슬기네 집에서는 '자기 삶의 주인은 바로 자신' 이라는 점을 분명하게 인식하게 합니다. 그것이 진정한 의미에서 '책임' 입니다.

그러므로 '자신이 좋아하는 일이 바로 자신의 적성' 이라는 겁니다. 달리 말하면 '자신의 취미 또한 바로 자신의 적성이다' 라는 뜻입니다.

슬기네 집에서는 적성을 찾고, 즐기게 하고, 적성을 장래의 직업으로 삼는 것이 가장 여유로운 삶이 된다는 점을 깨닫게 한다는 것입니다.

평생 지닐 직업입니다. 때문에 평생 즐겨야 합니다. 엄마는 자녀들의 적성과 특기를 최대한 고려하여 정말로 즐거워하는 일을 평생의 업으로 삼을 수 있도록 해주어야 합니다.

하나를 이룬 사람만이 둘을 이룰 수 있습니다

슬기가 이 땅의 본격적인 수험생이 될 무렵이었습니다. 슬기는 그때 서울 대학교 입학을 목표로 정했습니다.

슬기엄마는 처음부터 '너는 반드시 서울 대학교에 들어가야 한다' 라는 말을 한 적이 없습니다. '한국의 학부 중에는 서울 대학교를 최고로 인정한다' 라는 말조차 한 적이 없습니다.

다시 하는 말이지만, 슬기엄마는 아이들에게 지금까지도 명령조의 말을 하지 않는 사람입니다. 때문에 '너는 반드시 이렇게 해야 돼' 라거나 '너는 내 말대로 해야 돼' 라는 말을 쉽게 하지 않는 사람입니다.

슬기엄마는 다만, 사실이라면 사실대로 말하는 사람입니다. 그러니까 이왕이면 최고가 되는 것이 자신의 위상에, 장래에 큰 도움이 되는 것이라는 말은 분명하게 해주었습니다. 하지만 그것도 내가 우연히 알게 된 사실이었습니다.

어느 해 크리스마스 이브 때의 일이었습니다. 나는 슬기엄마가 슬기에게 전해준 크리스마스 카드 내용을 보게 되었습니다. 슬기가 책상 유리 밑에 자랑스럽게 갈피를 해두었기에 보게 된 것입니다.

엄마는 네가 모든 일에 충실하고 열심히 공부해 주어 너무 기뻐. 엄마는 무슨 일에든 네가 최고가 되리라는 것을 믿어.

사실로 말하자면 지극히 평범한 내용이었습니다.

모든 엄마들이 딸에게 전해주는 크리스마스 카드에는 거의 모두가 이렇게 쓰여져 있을 것입니다. 어떤 엄마들은 온갖 미사여구를 총동원한 아주 감동적인 내용으로 꽉 찬 크리스마스 카드를 딸에게 전해줄 것입니다.

슬기가 당시, 크리스마스 카드 내용을 받아들이는 감정이 조금은 남다른 것이었을 것입니다. 마침 이 시기에 아빠인 나는 병원 신세를 지고 있었습니다. 안면 마비 증세를 일으켰고, 행동이 부자연스러웠습니다. 우리 가정으로 말하자면 모든 면에서 가장 어려운 시기였습니다.

그때의 나는 채 감기지 않는 눈과 삐뚤어진 입술, 움직이지 않는 안면 근육을 슬기에게 보여주기 싫어 수시로 얼굴을 돌리곤 하던 때였습니다.

날짜가 다가왔습니다. 이 땅의 모든 수험생들이 가장 두려워하는 그 날짜 말입니다.

이 무렵의 모든 수험생들에겐 세 번의 기회가 주어집니다. A 대학과 B 대학, 그리고 C 대학에 동시에 원서를 넣을 수 있는 세 번의 기회 말입니다.

슬기는 서울 대학교를 우선 선택했고 그 다음에 A 대학을 선택했습니다. 그런데 한 번 더 주어진 기회인 B 대학은 선택하지 않았습니다.

그 이유는 이랬습니다. 슬기엄마는 간혹 단호한 면을 보이곤 하는데 바로 그때가 그랬습니다. 슬기엄마는 슬기에게 이렇게 말하는 것이었습니다. '네가 서울 대학교에 원서를 넣었는데 만일 떨어진다면, 그리고 차선의 방법이었던 A 대학에서도 떨어진다면 B 대학에 합격한다고 해도 결코 입학할 마음이 들지 않을 것이다. 그러니 B 대학에는 원서를 넣을 필요가 없다' 라는 것이었습니다.

그럴 땐 정말 무섭도록 냉정한 사람이 슬기엄마입니다.

그날은 일찍 찾아온 겨울답지 않게 하늘이 파아랗게 열린 날이었습니다.

나는 슬기를 데리고 서울 대학교에 가 원서를 접수시켰습니다. 슬기엄마는 함께 가지 않았습니다. 왜냐하면 이미 마음이 결정된 일인데 눈치 작전을 펼치고 말고 할 것이 뭐 있겠냐는 겁니다. 그

러니 우르르 몰려가고 몰려오는 것보다 아빠가 슬기와 함께 일찌
감치 접수를 마치고 돌아오면 될 것 아니냐는 것이었습니다.

그날, 하늘이 파아랗게 열려 있는 바로 그날, 나는 슬기와 함께
서울 대학교에 원서를 접수시켰습니다.

일차 합격을 하고 이차 구술과 면접이 있는 날이었습니다.

이날은 전날 내린 눈으로 인해 세상이 하얗게 변색된 날이었습
니다. 이날도 나는 슬기와 함께 서울 대학교로 갔습니다.

솔직히 내가 떨리더군요. 그런데 정작 당사자인 슬기는 조금도
떨지 않았습니다. 오히려 자신에 차 있었습니다.

나는 알고 있었습니다. 왜 슬기가 이토록 자신에 차 있는지
를……. 그건 점수가 넉넉해서가 아니었습니다. 다른 일이라면 몰
라도 구술이나 면접은 자신이 있다는 것이었습니다. 왜냐하면 그
동안 읽은 책의 양이 적지 않으므로 구술이든 논술이든 그런 시험
이라면 자신이 있다는 것입니다. 어떤 논제가 주어지든 나의 주장
을 분명하게 펼칠 수 있다는 것입니다.

여러분, 나는 이 책 〈네 번째 이야기〉 장에서 책에 대해 많은 이
야기를 했습니다. 그 이유는 '책은 많이 대하면 대할수록 언제든
그 결과가 분명한 일이라는 점을 강조하기 위해서'였습니다.

슬기는 용감하게 면접하는 곳으로 들어갔고, 씩씩하게 대답을

하고 당당하게 나왔습니다. 그리곤 구술… 그거 할 만한 것이라 말하였습니다.

　여러분, 나는 여러분에게 분명하게 말할 수 있습니다. 다른 점은 몰라도 이날의 구술만큼은 그동안 슬기엄마가 슬기에게 읽혔던 그 '책들의 승리' 라고 말입니다.

　슬기는 엄마가 믿고 있는 것이 어떤 것인지를 정확하게 보여주었습니다.

　이 땅의 수험생이 할 수 있는 '최고'가 어떤 것인지를 아빠에게도 보여주었습니다. 남동생 '성'에게도 보여주었습니다.

　그동안 엄마가 생략했던 모든 말을 이 땅의 모든 수험생들처럼 슬기는 벌써 알고 있었던 것입니다.

　조금 돌려 말하자면 슬기엄마의 자율과 책임이 승리한 것입니다.

　물론 서울 대학교 입학으로 인해, 한 사람의 인생이 달라질 거라는 의미의 말이 아닙니다.

　내가 말하려는 요점은 '하나를 이룬 사람은 반드시 둘도 이룰 수 있다는 점' 입니다. 당연히 하나를 이루지 못한 사람은 결코 둘을 이룰 수 없습니다. 나는 바로 그 점을 말하려는 것입니다.

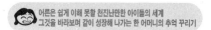

어른은 쉽게 이해 못할 천진난만한 아이들의 세계
그것을 바라보며 같이 성장해 나가는 한 어머니의 추억 꾸리기

어디서 요런 놈이 ! !

"할머니, 근데 똥꼬가 바지를 자꾸 뎃구 갈려구 해."

처음엔 이해를 못한 어머니.
재차 사정을 설명하는 녀석의 말에,
어머니는 뒤로 넘어갈 듯이 웃으며 말씀하신다.

"어, 똥꼬에 바지가 낀다구? 깔깔깔!
아니, 그놈의 똥꼬가 왜 지환이 바지를 자꾸 뎃구 간데냐.
아이고, 신문에 날 일이네."

이 땅의 모든 부모님들의 가슴을 훈훈하게
데워줄 한 편의 감동드라마

■ 똥꼬가 바지를 자꾸 뎃구 갈려구 해!
조숙영 지음 | 값 8,000원

알싸한 계절을 달래줄 가장 큰 선물 한 편

- ●동심을 통해 뇌까려지는 말 한마디 한마디는 어른들을 향한 깨달음의 화살이다.
  잊고 살았던 삶의 진리다. **- 이상운(바로북닷컴 대표, 시인)**

- ●커가는 아이의 모습이 눈앞에 절로 그려진다.
  보는 내내 절로 웃음 짓게 하는 구김살없이 편한 글솜씨가 일품이다.
  그것이야말로 우리가 늘 보아왔던 우리 아이들의 흔적이 아닐까. **- 김환철(소설가)**

- ●세상의 험난함 속에 여린 생명을 내놓는다는 두려움.
  그것을 넘어선 너그러운 기다림이 있기에 아이의 세상은 더 넓고
  자유로워진다. 평범하기 쉬운 가족의 이야기를 한편의 감동적인 동화로 만들고 있다. **- 장윤정(방송작가)**

도서출판 **청어람** www.chungeoram.com ● TEL : 032-656-4452/54 ● FAX : 032-656-4453 ● Email : eoram99@chol.com

상대를 한눈에 꿰뚫는다!!
한눈에 알게 되는 그와 그녀의 속·사정(事情)!

■ 똥꼬가 바지를 자꾸 뎃구 갈려구 해!
조숙영 지음 | 값 8,000원

궁금하지 않나요?
상대가 어떤 사람인지, 나를 어떻게 생각하는지.

알고 싶지 않나요?
자신의 행동이 타인에게 어떻게 비치는지.

바라지 않나요?
보다 예쁘게, 좀더 멋지게, 한층 더 의미 있게,
상대에게 다가가기를.

사소한 말과 동작에 나타나는 상대의 복잡한 심리!
간단히 파악하고 절묘하게 이용하여 처세의 달인이 되자!

도서출판 **청어람** www.chungeoram.com ● TEL : 032-656-4452/54 ● FAX : 032-656-4453 ● Email : eoram99@chol.com

변혁과 혁신을 꾀하는 자만이
인생을 승리로 이끈다!
인생 역전의 첫번째 열쇠!

■ **나 자신을 뒤집어라**
장석주 • 김용배 • 박덕규 • 문흥술 지음 | 값 10,000원

장석주 • 김용배 • 박덕규 • 문흥술
특색있는 다 장르 작가이자 명망 높은 교수님 네 분이 만났다!

"이건 이래서 안 되고 저건 저래서 안 된다."

그건 핑계일 뿐이다!

그들은 말한다.

"내가 변해야 세상이 변하고 세상이 변해야 내가 행복해진다!"
스스로의 깨달음과 '**나**'로부터 시작되는 사고의 발상 뒤집기!
새로운 방식의 대안을 제시하는 혁신적 • 실천적 자기 지침서!

도서출판 **청어람** www.chungeoram.com ● TEL : 032-656-4452/54 ● FAX : 032-656-4453 ● Email : eoram99@chol.com